AF397877

Die Deutsche Nationalbibliothek verzeichnet diese Publikation in der Deutschen Nationalbibliographie, detaillierte bibliographische Daten sind im Internet über http://dnb.d-nb.de abrufbar

© C. M. Brendle Verlag, Albstadt
Neuauflage 2018
www.brendle-verlag.de
Umschlaggestaltung: C. M. Brendle Verlag
Herstellung: Books on Demand GmbH, Norderstedt
Printed in Germany
ISBN 978-3-9810329-7-0

FÜR MEINEN MANN,

der mich zum Schreiben dieses Buches animierte und der mir in Zeiten, in denen mich Selbstzweifel überkamen, unermüdlich den Rücken stärkte.

FÜR MEINE KINDER,

die mir beigebracht haben, gelassener zu sein und das Leben mit Humor zu nehmen.

EIN WEITERER DANK

geht an meine Verlegerin, Frau Christine Brendle, die mich zusammen mit ihrem Team hervorragend betreut und beraten hat.

ZUM BUCH

meine Familie hat mich zu diesem Buch inspiriert, doch es ist ein Roman. Die Handlung ist frei erfunden.

9 783981 032970

Ulla Parrinello

Die Roccos

Verwandte und andere Katastrophen

C. M. BRENDLE VERLAG

EINLEITUNG

Dem Alltag entkommt man nicht! Vielleicht kann die stressge-plagte Ehefrau und Mutter einen Kurzurlaub nehmen oder eine etwas längere Auszeit, wenn sie meint, sie breche jeden Moment unter der Last des täglichen Wahnsinns zusammen. Dies geht natürlich nur in Kombination mit einem verständnisvollen Ehe-gatten und kooperativen Kindern. Eine Flucht, und sei es auch nur für ein paar Tage, hat wenig Sinn, wenn man sich Sorgen um den Zustand des Hauses oder der daheimgebliebenen Familien-mitglieder machen muss. Nein, auch ein kurzer Erholungsurlaub muss lange im Voraus detailliert geplant und ausgeklügelt sein.

Aber machen wir uns nichts vor. Wo gibt es den Ehemann und die Kinder, die einer Mutter zum Geburtstag oder zu Weih-nachten einen Gutschein für ein Wochenende oder in besonders schwierigen Fällen sogar für eine ganze Woche ohne Familie in einem Wellness-Hotel überreichen? So etwas gibt es nicht. Wir Mütter lassen uns diesen Gutschein entweder von unseren ei-genen Müttern schenken, die nachvollziehen können, was ihre Töchter durchmachen, oder wir legen uns das Geld dafür nach und nach selbst zur Seite, um bei der nächsten großen Famili-entragödie triumphierend unsere Reiseunterlagen mit der Bu-chungsbestätigung auf den Tisch zu knallen.

Die Stimmung wandelt sich und der Ehemann und die Kinder fühlen sich schuldig. Sie verwöhnen die gebeutelte Ehefrau und Mutter die nächsten Tage, um so eventuell den drohenden Verlust ihrer Putzfrau und Köchin doch noch abwenden zu können. Aber wehe, sie hält an ihren Reiseplänen fest: Dann wird der Ehemann schweigsam, die Kinder werden mürrisch und wenn man am Tag der Abreise seinen Koffer alleine zum Taxi hinausschleifen muss und weder Küsse noch Umarmungen und gute Wünsche mit auf den Weg bekommt, fährt man mit den denkbar schlechtes-ten Voraussetzungen in seine wohlverdiente »Auszeit«. Während der Fahrt fällt der Mutter ein, dass die Gesichter der Kinder jetzt schon verhärmt ausgesehen haben und sie doch hoffentlich in der Zeit ihrer Abwesenheit genug essen würden und beim Gedanken an den Mann schnürt einem die Angst die Kehle zu, wie er wohl mit der ganzen Situation klarkommen wird.

Nein, dies alles bringt nichts. Am besten ist, frau bleibt zu Hause und stellt sich den Tücken des Alltags. Jeder neue Tag ist ein neuer Feind. Erst am Abend steht fest, wer der Sieger ist. So und nicht anders ist die Realität. Besser, man findet sich gleich bei der Eheschließung damit ab. Dies ist ein Kampf, der täglich von neuem beginnt und niemals endet. Der Tag der Eheschließung kommt einer Kriegserklärung gleich und mit der ersten Geburt beginnt der Krieg. Also besser, man startet mit einem guten Konzept, um sich nicht nach einigen Jahren in einer Zwangsjacke wiederzufinden.

Zum Schluss ein kleiner Trost: Sie brauchen natürlich auf Ihre Auszeit nicht zu verzichten. Aber siedeln Sie den Termin in weiser Voraussicht um Ihr Rentenalter herum an. Dann dürfte es nicht mehr mit so vielen Komplikationen verbunden sein.

Garantieren kann das allerdings niemand.

PROLOG

Einmal im Jahr, genauer gesagt im September, fährt die ganze Familie Rocco nach Sizilien, um den Tomatensoßenvorrat, den sie übers Jahr benötigt, aufzustocken. Die Roccos bestehen aus Mama Ulla, Papa Leonardo sowie den Kindern Cristina, Francesca und Fabio. Ulla ist eine Frau in den Vierzigern, trotz dreier Geburten nicht allzu sehr aus den Fugen geraten und von der Natur mit einem optimistisch-heiteren Charakter gesegnet. Papa Leonardo dagegen, Sizilianer, ebenfalls im mittleren Alter, klein und mollig, ist eher pessimistisch und zuweilen melancholisch. Letzteres vor allen Dingen dann, wenn er sich einbildet, dass er von seiner Umgebung nicht entsprechend gewürdigt wird, was nahezu täglich der Fall ist. Cristina, das älteste der Rocco-Kinder, ist fast 16 Jahre alt. Das dünne, mittelblonde Haar der Mama hat sich zu ihrem Leidwesen bei ihr durchgesetzt. Sie fände Leonardos lockiges, schwarzes Haar zu ihren hellblauen Augen viel cooler. Francesca, die 13-Jährige, hat zwar die dunkle Haarpracht ihres Vaters abbekommen, bemängelt aber das Zusammenspiel mit den grünen Augen, die ihre Mutter ihr wahrscheinlich aus purer Bosheit vererbt hat. Fabio, der sechsjährige Stammhalter, ist zu Leonardos Leidwesen noch blonder als Cristina. Auch die braunen Augen können ihn über diese Laune der Natur nicht hinwegtrösten.

Für Leonardo ist dieser alljährliche Tomatenausflug ungefähr genauso unverzichtbar wie für den gläubigen Moslem die Pilgerfahrt nach Mekka. Ein richtiger Italiener isst zeit seines Lebens nur die Tomatensoße, die selbst hergestellt wurde, idealerweise von Mama. Und bevorzugt isst er natürlich Gemüse, ebenfalls am besten angebaut und zubereitet von Mama. Mama ist weit über 70 Jahre alt, hat widerspenstige, inzwischen graue Löckchen, welche das energische Gesicht mit den tiefbraunen Augen umrahmen. Der energische Eindruck wird noch durch eine Brille mit riesigen Gläsern verstärkt, die Mama Maria immer trägt. Obwohl sie nur ungefähr 1,55 m klein ist, schüchtert sie alles, was sich in ihrem Umfeld befindet, ein. Papa Carmelo ist über 80 Jahre alt, redet niemals, wenn es nicht unbedingt nötig ist, und steht trotz seiner beachtlichen Größe von ca. 1,85 und einem Furcht einflößenden Adlerblick absolut unter dem Pantoffel seiner Frau.

Selbstverständlich befindet sich im Garten der Roccos auch eine Ecke, in der Gemüse angepflanzt wird. Den Löwenanteil nehmen bei einem Südländer als Familienoberhaupt natürlich die Tomatenstöcke ein. Dicht gefolgt von Auberginen, Zucchini, Bohnen sowie fünf Kartoffeln, die Leonardo unter dem Druck seiner besseren deutschen Hälfte Jahr für Jahr widerwillig in die Erde rammt. Außer Gemüse aus dem mediterranen Raum lässt er nichts gelten. Ullas Argumente, man sei hier in kühleren Regionen und pflanze deshalb vielleicht sinnigerweise Gemüse an, das an die hiesigen Wetterbedingungen angepasst ist und diese auch überlebt, werden von Leonardo jedes Jahr unwillig beiseitegeschoben. So wiederholt sich das Ritual immer und immer wieder und endet schließlich mit der Aussage Leonardos, dass trotz allem das Gemüse in »Bella Italia« einfach viel besser schmeckt.

Die Handvoll Kartoffeln, die sich alle Jahre wieder hervorragend entwickeln, ignoriert Leonardo beleidigt. Er nimmt es den Kartoffeln persönlich übel, dass sie im Gegensatz zu »seinem« Gemüse durch nichts unterzukriegen sind. Er vermutet gar ein Komplott und verdächtigt seine Lieben, die Kartoffeln besonders gehegt und gepflegt zu haben, während man die »Ausländer« im Gemüsebeet schändlich vernachlässigt habe. Wird er wegen dieser Verschwörungstheorie ausgelacht, sind die Kartoffeln die feindlichen Agenten: Die Kartoffeln entziehen nämlich dem Boden wichtige Spurenelemente und Vitamine, was dem mediterranen Gemüse, das sich ungerechterweise seinen Lebensraum mit den vulgären Kartoffeln teilen muss, jedes Jahr den Todesstoß versetzt.

Nun aber zurück zu dem alljährlichen Ausflug nach Italien, zu Mama! Die deutsche Seite dieses Haushalts, Mama Ulla, geht in Wirklichkeit nicht wegen der Tomatensoße mit, die, wenn es nach ihr ginge, auch ruhig aus dem Supermarktregal kommen könnte. Nein, vielmehr wegen des Kurzurlaubs, den dieses Ritual für sie bedeutet beziehungsweise in den ersten Jahren für sie bedeutet hat. Denn mittlerweile dauert die Herstellung des kostbaren roten Saftes vier Tage. Zwei Tage für die Gläser mit den passierten

Tomaten. Zwei Tage für die Gläser mit den Tomatenstückchen. Ihretwegen hätten es nur die Gläser mit den passierten Tomaten sein können, aber was verstand sie als Barbarin, in deren Land Fleisch auf der Speisekarte ganz oben stand, schon davon? In diesem Tenor wurde sie gleich beim ersten Tomatenausflug von ihrer Schwiegermutter belehrt.

Mitleidig lächelnd stand Schwiegermutter Maria dabei, als Ulla sich das erste Mal breitbeinig vor einen riesigen Topf hockte und begann, die Tomaten zu enthäuten. Sie machte es natürlich nicht richtig. Hier hatte sie zu viel weggemacht, da zu wenig. Dann wieder hielt sie das Messer falsch und, um Himmels willen, hatte sie sich die Hände auch ganz bestimmt vorher gewaschen?

Ulla stand während des mehrstündigen Schälmarathons zweimal kurz auf. Sie hatte Rückenschmerzen und brauchte dringend eine Pause. Sie sah ihre Kinder im Hof spielen und beneidete sie um ihre Freizeit. Erschöpft lehnte sie ihren Kopf im Badezimmer an das kühle Spiegelglas und verfluchte Tomatensoßen im Allgemeinen und die selbst gemachten im Besonderen. Bei ihrer Rückkehr fing Ulla einen missbilligenden Blick ihrer Schwiegermutter auf. Wahrscheinlich verachtete sie die schwächliche Konstitution ihrer Schwiegertochter. Hatten die Deutschen nicht immer so eine große Klappe, sie könnten alles, sie schafften alles? Ulla war eine kümmerliche Vertreterin ihrer Nation und duckte sich ängstlich unter dem kritischen Blick Marias. Die stets folgende Frage, ob sie ihre Hände auch gewaschen hätte, musste Leonardo gar nicht mehr übersetzen. Sie war schon so oft auch in anderen Zusammenhängen gestellt worden, dass sogar die Kinder diesen Satz auswendig kannten.

Ulla antwortete zähneknirschend: »Ma certo, Maria«, lächelte und sagte zu Leonardo, der ihr schräg gegenübersaß: »Wenn sie mich das noch ein einziges Mal fragt, werfe ich den ganzen Kram hin und gehe mit den Kindern schwimmen!«

»Du weißt doch, dass sie es nur gut meint. Wenn nicht alles absolut hygienisch abläuft, ist die ganze Soße verdorben und das wäre doch schade nach der vielen Arbeit.«

So hielt Ulla also die vollen vier Tage durch und hatte am Ende dieses Zeitraumes den Satz vom Händewaschen mindestens 289

Mal gehört und ebenso oft ihre Zähne zusammengepresst. Nun
also stand die Schufterei vor dem Abschluss, denn es musste nur
noch ein Topf mit den letzten Gläsern erhitzt werden. Während
der Wartezeit begann Maria die Geschichte einer Frau zu erzählen,
welche in ihrer Kindheit im selben Dorf wie sie gelebt hatte. Diese
Frau kochte fast eine Woche lang Tomaten ein, befolgte alle hygi-
enischen Auflagen, die im Zusammenhang mit dieser ehrenvollen
Aufgabe stehen, und trotzdem war die Tomatensoße schlecht geworden. Niemand konnte sich das so richtig erklären, hatte doch
die halbe Nachbarschaft mitgeholfen und konnte bezeugen, dass
alles vorschriftsmäßig verlaufen war. Dann stellte sich heraus, dass
eine der Frauen zum Zeitpunkt des Tomatenspektakels ihre Perio-
de gehabt hatte. Als es im darauffolgenden Jahr wieder Zeit für die
Soße war, durften Frauen während ihrer »Tage« nicht mehr mithel-
fen. Und siehe da, alles war gut. Also wurde es seither so gehalten.
An dieser Stelle bekreuzigte Maria sich.

Als Leonardo Ulla die ganze Geschichte übersetzte, stieg ein
genialer Plan in ihr auf. Schade nur, dass Maria mit dieser Geschichte so lange hinterm Berg gehalten hatte. An diesem Abend
gingen alle erleichtert und zufrieden ins Bett.

Am nächsten Morgen schloss Ulla ihre Schwiegermutter zur
Begrüßung herzlich in die Arme und folgte ihr dann in die Küche,
wo der Schwiegervater und ihr Schwager Giuseppe schon mit der
Arbeit auf sie warteten. Die Schwiegermutter war einigermaßen
überrascht, aber sie konnte ja nicht ahnen, dass Ullas Arbeitsfreu-
de heute damit zusammenhing, dass sie ab dem nächsten Jahr jedes Mal unpässlich sein würde.

Eine kleine Weile arbeiteten sie schweigend nebeneinander.
Dank ihrer harmonischen Grundeinstellung an diesem Tag hatte
Ulla plötzlich eine Eingebung und sie sagte zu ihrem Mann: »Lade
sie doch alle dieses Jahr zu Weihnachten zu uns ein.« Leonardo
strahlte, als er sich an seine Eltern wandte. Maria und Carmelo
lehnten die Einladung dankend ab, das sei einfach zu anstrengend
und überhaupt, alte Bäume verpflanze man nicht mehr. Ulla bestand darauf, dass sie wenigstens über die Weihnachtstage kommen sollten und Giuseppe war begeistert. Einzig Maria schüttel-

te vehement den Kopf und verweigerte ihre Zustimmung. Und letztlich, diese Gewissheit hatten alle, lag es in ihrer Hand. Die Kinder bestürmten Maria ebenfalls und man einigte sich schließlich darauf, dass die Einladung auf jeden Fall Bestand habe und Maria sich die Sache ja noch überlegen könne.

Ein paar Tage später waren die Roccos auf dem Heimweg. Allerdings nicht zusammen. Die Heimfahrt mussten sie jedes Jahr getrennt antreten. Ulla und die Kinder fuhren mit der Fähre beziehungsweise dem Zug nach Hause. Leonardo fuhr mit dem Auto. Es mag die berechtigte Frage aufkommen, warum Leonardo seine Lieben nicht mit sich nahm. Nun, man muss sich vorstellen, dass die Familie Rocco circa 300 Gläser Tomaten - 200 passierte, 100 geschälte - mit nach Hause bekam, die sie im Schweiße ihres Angesichts produziert hatte. Die Gläser passen doch ohne Probleme in den Kofferraum! Ja, tun sie auch. Aber auf der Rückbank und dem Beifahrersitz stapelten sich die Auberginen, Bohnen und Zucchini. Alles liebevoll von Maria für Leonardo und seine Familie konserviert. Sie machte das jedes Jahr und zwar für alle ihre Kinder. Nur abholen mussten sie es selbst. Dazu kamen verschiedene Marmeladesorten, selbstgebackene Plätzchen, Kuchen, mehrere Ringe Salami, zwei große Parmaschinken sowie Espressobohnen. Wo, bitteschön, wäre da für die Familie noch Platz gewesen? Leonardo beteuerte Ulla stets, wenn sie wegen der bevorstehenden langen Heimreise gereizt war, dass man eben Prioritäten setzen müsse. Man könne nicht auf der einen Seite das ganze Jahr über kulinarische Köstlichkeiten genießen und im Gegenzug dafür keine Unannehmlichkeiten in Kauf nehmen. So verlief der »Tomaten-Horror-Trip«, wie Ulla, Cristina und Francesca den alljährlichen Ausflug nach Italien heimlich bezeichneten, immer nach demselben Muster. Und jedes Jahr schworen sich zumindest die Nichtitaliener der Familie, dass sie nächstes Mal nicht wieder hinfahren und sich diesen Stress antun würden. Nur Leo zuliebe, der regelmäßig im Juli oder August angesichts der aufgebrauchten Vorräte einen halben Nervenzusammenbruch bekam, weil er von nun an industriell gefertigte Tomatensoße essen müsste, machte man sich im September wieder auf den Weg nach Sizilien.

Die Roccos

Schweißgebadet erwachte Ulla und stieß entsetzt die Bettdecke von sich. Dann begann sie, mit zitternden Fingern ihre Beine abzutasten. Erst nach mehreren Durchgängen stöhnte sie erleichtert auf und sank zurück in ihr Kissen. So was Blödes aber auch, der Traum war so real gewesen. Ihre Beine waren von langem schwarzem Haar geradezu überwuchert gewesen. Ulla hatte es im Traum geschnitten, rasiert, alles ohne Erfolg. Zum Schluss hatte sie ungläubig mit beiden Händen die Haare wie Büschel gehalten und sich zu erinnern versucht, wann sie zu diesem haarigen Monster mutiert war. Nun, da sie glücklicherweise aufgewacht war und ihre Beine so glatt rasiert waren wie immer, konnte sie wieder lachen. Wie kam sie bloß auf so etwas Absurdes? Ihr Ehemann Leonardo, in liebevollen Zeiten kurz »Leo« genannt, schnarchte selig neben ihr und schien von der Panikattacke nichts mitbekommen zu haben. Na ja, eigentlich auch nichts Ungewöhnliches. Was konnte einen waschechten Sizilianer schon aus der Ruhe bringen?

Jetzt, da Ulla wach war und die Kinder noch schliefen, konnte sie ebenso gut versuchen, ihren Mann zu einem kleinen Tête-à-Tête zu verführen. Selten genug hatten sie Zeit für sich. Ulla kuschelte sich eng an den Rücken ihres Mannes, legte ihre Hand auf seine Schulter und glitt ganz langsam an seiner Vorderseite hinunter. Als sie an seinem Bauch, der wohlgenährt von seinem Leib abstand, angekommen war, verweilte sie und streichelte sanft darüber. Leo änderte seinen Schnarchrhytmus, was Ulla als Zustimmung interpretierte. Folglich wurden ihre Handgriffe kühner und sie schmiegte sich noch enger an ihn. Als sie begann, ihn im Nacken zu küssen, drehte Leo sich abrupt zu ihr um und stöhnte: »Mà che fai?«, schob ihre Hand unwirsch weg und schnarchte weiter. Na dann eben nicht! Ulla schlug die Bettdecke zurück und rauschte ins Bad. Sie schaute in den Spiegel und sah einen frustrierten Zug um ihre Lippen. Einen Kussmund formend sagte sie: »Wer dich nicht liebt, hat dich nicht verdient«, und fing an, ihre Zähne zu putzen. Danach duschte sie ausgiebig und klopfte anschließend die Anti-Falten-Creme, die sie von ihren Töchtern

Cristina und Francesca regelmäßig zu allen Anlässen geschenkt bekam, sorgfältig in ihre Haut ein. Dabei studierte sie ihr Aussehen: Sie hatte grüne Augen, blonde kurze Haare mit Strähnen, die in das verwelkte Naturblond mehr Glanz hineinbringen sollten. Ein paar Fältchen hier und da, wie sich das eben für eine Frau in den Vierzigern gehört. Außerdem hatte Ulla trotz ihrer drei Geburten immer noch eine annehmbare Kleidergröße und mehr Lach- als Sorgenfalten. Sie neigte dazu, das Leben meistens von der positiven Seite zu sehen. Leo hingegen war eher ein so genannter »Bremser«, bedächtig, überlegt, abwartend. Wo sie impulsiv und überschäumend war, war er der Fels in der Brandung. Andererseits hatte diese stoische Ruhe auch unangenehme Effekte, wie zum Beispiel eben geschehen. Dieser Mann konnte an jedem Ort zu jeder Tageszeit schlafen und war durch nichts aufzuwecken. Ulla beschloss, den missglückten Start dieses Morgens noch umzukehren und zu einem Erfolg zu machen. Sie würde sich jetzt in Ruhe einen Espresso gönnen, dazu in einem Buch lesen und hoffen, dass ihr noch einige Zeit für sich bliebe, bis die Kinder aufstanden.

Eine Detonation aus südlicher Richtung, in der sich das Zimmer des jüngsten Sprosses der Familie, des sechsjährigen Fabio, befand, zerstörte ihre Hoffnungen auf eine friedvolle, einsame halbe Stunde. Trotzdem zog sie sich eilig etwas über und schlich dann die Treppen hinunter in die Küche, ohne auf das wütende Geheul aus dem Kinderzimmer zu achten. Kaum hatte Ulla die Espressomaschine angeworfen, stürmte schon Cristina herein und schrie: »Kann dieser kleine Idiot uns nicht einmal ausschlafen lassen?«

Mit ihren beinahe 16 Jahren hatte sie einen Ton an sich, der Ulla sich stets aufs Neue fragen ließ, was sie eigentlich falsch gemacht hatten. Fest entschlossen, sich nicht aus der Ruhe bringen zu lassen, entgegnete Cristinas Mutter: »Wie oft soll ich dir noch sagen, dass ich solche Ausdrücke in diesem Haus nicht hören möchte?«

»Alles klar«, schnaubte Cristina, »Euer kleiner Liebling darf ja alles. Hätte ich mir denken können.« Sie drehte sich um und

schmetterte die Tür hinter sich zu. Ulla zuckte die Achseln. Das
Geheul im ersten Stock schwoll nun auf eine Lautstärke an, die
sich nicht mehr ignorieren ließ. Also begab sich Ulla in das Kinderzimmer, wo sie ihren Sohn inmitten seiner Bauklötze vorfand.
Er hatte die Spielsachen wütend im Zimmer verstreut, weil er
seinen Baggerführer vermisste. Die Detonation war durch den
Plastiktisch ausgelöst worden, den Fabio gegen die Wand gewor-
fen hatte. Das Temperament zumindest hatte er nicht von seinem
Vater, der nebenan immer noch unüberhörbar schlief. Darüber
konnte sich Ulla immer wieder nur wundern.

Ulla half Fabio bei der Suche nach seiner Plastikfigur und wurde auch fündig. Fabio spielte nun zufrieden weiter und Ulla konnte wieder nach unten zu ihrem Espresso gehen. Beim Einschen-
ken sah sie, dass der Anrufbeantworter blinkte. Wer hatte denn
da angerufen? Gestern Abend waren sie gegen 23.00 Uhr nach
einer herrlich romantischen Schnulze zu Bett gegangen. Jetzt war
es gerade 7.00 Uhr. Bestimmt hatte sich die italienische Verwandtschaft wieder zu nachtschlafender Zeit gemeldet, weil da der Ta-
rif günstiger war. Ulla ließ die Nachricht abspielen und sah sich
mit einem temperamentvollen sizilianischen Wortschwall ihrer
Schwiegermutter konfrontiert, dem sie zwar einige Worte, aber
beileibe nicht den Sinn entnehmen konnte. Nun ja, das musste
warten, bis sich Leonardo endlich erhoben hatte.

Es lag ein anstrengender Tag vor der Familie Rocco. Francesca
feierte heute ihren 14. Geburtstag. Sie war bei weitem das schwie-
rigste und anspruchsvollste Kind der Familie. Das kam sicher von
der italienischen Seite. Sie schien ihre Auftritte, mit denen sie vor
allem ihre Mutter zur Weißglut treiben konnte, minutiös zu planen
und in ihrem Zimmer vorher zu proben. Francesca befand sich
außerdem seit Monaten auf einem »Asia-Trip«, wie ihre Faszination für die Kultur Chinas liebevoll von der Familie bezeichnet
wurde. Nach Machtkämpfen mit ihrer Mutter oder Streitereien
mit der restlichen Familie zog sich Francesca gewöhnlich auf ihr
Zimmer zurück und legte eine Esoterik-CD mit asiatischen Klän-
gen ein, die wahrscheinlich beruhigend auf Francesca wirkten,
den Rest der Familie aber eher aggressiv machten. Sie zündete

Räucherstäbchen an, um sich zu entspannen und sich von dieser schrecklichen Familie, in die das Schicksal sie aus unbegreiflichen Gründen hineinkatapultiert hatte, zu erholen. Also hatte sich die Familie eine besondere Überraschung ausgedacht, um Madame entsprechend zu würdigen. Was lag näher, als die gesamte Verwandtschaft anlässlich der Geburtstagsfeier in ein China-Restaurant einzuladen? Ulla war schon gespannt auf Francescas Gesicht, wenn sie ihr dies mitteilen würde. Cristina, die schon in die Pläne eingeweiht war, freute sich riesig und für Fabio würde man den chinesischen Koch eventuell um einen Stilbruch bitten müssen. Wer weiß, vielleicht verfügte ein China-Restaurant ja für solch außergewöhnliche Fälle über einen Sonderposten Pommes? Leo und Ulla selbst liebten chinesisches Essen und sogar die Verwandtschaft hatte dem Vorschlag freudig zugestimmt, so dass eigentlich ein gelungenes Fest zu erwarten war.

Nachdenklich nippte Ulla an ihrer Tasse. Weihnachten stand praktisch vor der Tür und sie hatte immer noch nicht alle Geschenke beisammen. Die Mädchen hatten ihre Wunschzettel erst gestern abgeliefert. Cristina wünschte sich nur ein Buch und war ansonsten scheinbar zufrieden. Francescas Liste war wesentlich länger ausgefallen. Von diversen Büchern und schwarzem Nagellack bis hin zu einer Segelfreizeit in Griechenland, die sie natürlich allein zu absolvieren gedachte, war alles vertreten. Fabio wünschte sich Bagger oder Kräne. Er wünschte sich niemals etwas Anderes. Das Kind war durch den Beginn des Hausbaus vor einigen Jahren praktisch auf der Baustelle aufgewachsen und allem Anschein nach war diese auffällige Faszination für Baustellenartikel aller Art der Preis, den die Eltern nun zu bezahlen hatten. Jeglicher Versuch, Fabio Puzzles oder andere Spiele zu schenken, endete in einem beidseitigen Trauma. So wurde das irgendwann zähneknirschend eingestellt. Schließlich war keineswegs bewiesen, dass Kinder, die kein pädagogisch sinnvolles Spielzeug erhielten, später zwangsläufig zu Kettensägen schwingenden Monstern werden. Für dieses Jahr jedoch hatte Fabio noch keine speziellen Wünsche geäußert. Das Drängen seiner Mutter, man müsse den Wunschzettel nun bald absenden, sonst schaffe es der Weihnachtsmann nicht mehr rechtzeitig zum Fest, hatte er ignoriert. Er teilte seiner erstaunten Mutter mit, er würde dieses Jahr keinen Wunschzettel schreiben, denn er wolle testen, ob der Weihnachtsmann auch wirklich alles über die Kinder wisse. Deshalb behalte er seine Wünsche für sich. Ulla versuchte, sich bei Fabio einzuschmeicheln und sagte: »Aber der Mama kannst du es doch sagen, ich verrate es dem Weihnachtsmann auch ganz bestimmt nicht.«

Zwecklos! Fabio fixierte seine Mutter einen Moment lang zweifelnd, bis er verkündete: »Nein, das darf gar niemand wissen. Wenn ich das bekomme, was ich mir so sehr wünsche, dann weiß ich, dass es den Weihnachtsmann wirklich gibt.«

Das war nun eine verzwickte Situation für Ulla. Sie war dafür, Fabio seinen kindlichen Glauben an den Weihnachtsmann so lange wie möglich zu erhalten, da sie sich nur noch zu gut an ihre eigene große Enttäuschung erinnerte, als sie die Wahrheit erfuhr. Wenigstens dieses eine Jahr sollte für ihn die Welt noch in Ordnung sein. Dazu musste sie aber einen Weg finden, seinen Wunsch zu erfahren. Gelänge ihr das nicht, würde dieses Weihnachtsfest ein Desaster werden.

»Verdammt, kann man in dieser irren Familie vielleicht einmal ausschlafen?!«

Mit einem Ruck wurde Ulla in die Gegenwart zurückgeholt. Francesca marschierte in ihrem dunkelblauen Satin-Morgenrock, den sie ihrer Großmutter mütterlicherseits abgebettelt hatte und in dem sie wie eine alternde Diva wirkte, in die Küche und zerstörte endgültig die Hoffnung auf einen friedlichen Tag.

»Erstens, herzlichen Glückwunsch zum Geburtstag, mein Schatz, und zweitens, wenn du deine Ausdrucksweise nicht änderst, kannst du etwas erleben!«

»Toller Geburtstag, wenn man nicht mal ausschlafen kann. Aber hier nimmt ja sowieso keiner Rücksicht auf mich. Fabio ist in mein Zimmer gekommen und hat mir seinen Bagger auf den Kopf geschlagen. Ich habe so laut geschrien, dass sogar Papa aufgewacht ist und mit mir geschimpft hat. Das ist so was von ungerecht. Aber eurem Schätzchen ist ja wieder nichts passiert. Der hat angefangen zu heulen und da hat Papa nur gefragt, was ich mit ihm gemacht habe.«

»So, Papa ist also endlich wach?«, erkundigte sich Ulla erstaunt.

»Typisch, du hast mir nicht mal zugehört! Mir reicht es!« Und zum zweiten Mal an diesem Morgen wurde die Küchentür zugeschmettert.

Ulla sprang auf und rief ihr hinterher.

»Aber deine Geburtstagsgeschenke?«

In diesem Moment kam Leo in die Küche, grunzte etwas in ihre Richtung, was wahrscheinlich »Guten Morgen« heißen sollte, und schlurfte schnurstracks zur Espressomaschine. Leo war nur wenig größer als Ulla. Er hatte eine gedrungene, untersetzte Gestalt und setzte bereits ein ansehnliches Bäuchlein an. Schaute er normal, machte er immer einen leicht grimmigen Eindruck. Lächelte er aber, wozu er nach eigener Aussage in dieser Familie wenig Grund hatte, wirkte er sehr jungenhaft und absolut liebenswürdig. Unterstrichen wurde dies noch durch seine quirligen schwarzen Locken, in die sich die ersten weißen Fäden mischten, was ihn mitunter zu der Erklärung veranlasste: »Ich bin der Erste in meiner gesamten Verwandtschaft, der mit Anfang 40 schon graue Haare bekommt. Damit ihr es wisst, das habt ihr auf dem Gewissen. Normal ist das in meiner Familie erst Mitte 60.«

Leo warf mit runzliger Stirn einen Blick in den Brotkorb, fragte kurz: »Hast du schon Brötchen geholt?«, und öffnete ohne die Antwort abzuwarten den Kühlschrank.

»Sag mal, was glaubst du eigentlich? Seit einer halben Stunde ist hier der Teufel los, aber der Herr schläft seelenruhig weiter, als ob ihn das alles nichts anginge. Dann kommst du hier herunter, gibst mir nicht mal einen Kuss und fragst mich, ob ich schon beim Bäcker war? Das eine sage ich dir: So lasse ich mich von euch allen nicht mehr behandeln!«

Leo schloss den Kühlschrank wieder und schaute Ulla erstaunt an.

»Wenn du so eine Laune hast, brauchst du dich nicht zu wundern, dass die Kinder aufgeregt sind.«

Um ihre Nerven zu schonen beschloss Ulla, diesen Satz zu ignorieren und sagte stattdessen: »Du, höre mal den Anrufbeantworter ab. Da ist eine Nachricht von deiner Mutter drauf. Bestimmt möchte sie den Kindern ein Päckchen schicken und hat wieder mal unsere Adresse vergessen.«

Während Ulla eine Liste machte, was sie heute alles zu besorgen hatte, hörte Leo die Nachricht ab. Dann setzte er sich an den Tisch, biss von seinem Marmeladenbrot ab, trank einen Schluck Kaffee und fing an, die Zeitung zu lesen. Als Ulla mit dem Einkaufszettel fertig war, stand sie auf und sagte:

»Ich hole jetzt Francesca herunter, sie hat noch nicht einmal ihre Geburtstagsgeschenke bekommen. Hast du ihr eigentlich schon gratuliert?«

Leo schaute nur kurz auf.

»Ach übrigens, meine Eltern und mein Bruder haben unsere Einladung vom September angenommen.« Ulla setzte sich verblüfft wieder hin.

»Welche Einladung?«

»Wir hatten sie doch eingeladen, die Weihnachtstage mit uns zu verbringen«, erwiderte Leo unwillig.

»Und das erfahre ich wenige Tage vor Ultimo? Bis jetzt haben sie sich doch immer geweigert.« Ulla fühlte sich überrumpelt.

»Wieso, das ist doch eine schöne Überraschung, dass sie kommen.« Bei Leos Mentalität spielte es überhaupt keine Rolle, ob sich Besuch zwei Wochen vorher oder überhaupt nicht anmeldete.

»Natürlich freue ich mich, aber ein bisschen eher hätten sie sich schon entschließen können. Schließlich muss ich mich auch seelisch darauf einstellen. Ich stehe dann in der Küche, ich habe die ganze Arbeit, den ganzen Stress. Mit Rücksicht auf mich hätten sie früher etwas sagen können.«

»Wieso stehst du in der Küche? Meine Mutter hat bestimmt kein Problem damit, für so viele Leute zu kochen. Als wir in Italien waren, hat sie für viel mehr Leute dreimal am Tag Essen auf den Tisch gestellt, oder etwa nicht?«

»In meiner Küche koche ich, damit das klar ist, oder habe ich bei deiner Mutter vielleicht Schnitzel mit Kartoffelsalat gemacht?«

»Mein Gott, typisch ›tedesco‹. Sobald mehr Leute als die eigene Familie am Tisch sitzen, seid ihr hilflos. Bei uns kann eine ganze

Fußballmannschaft unangemeldet zum Essen kommen und niemand flippt aus. Meine Mutter freut sich über viele Gäste! Aber zu deiner Beruhigung: Es kommen nur meine Eltern und mein Bruder Giuseppe. Drei Personen mehr werden dich ja wohl hoffentlich nicht in eine Krise stürzen.«

Ulla blitzte Leonardo aus zu Schlitzen zusammengezogenen Augen an.

»Dürfte die Gastgeberin jetzt endlich erfahren, für wie lange der Überfall geplant ist?«

Leo gähnte.

»Über die Weihnachtstage, sagte ich doch schon. Und jetzt entspanne dich, Cara, das ist nur die Familie und kein Staatsbesuch.«

Leonardo tätschelte Ullas Arm, lächelte sie versöhnlich an und klemmte sich die Zeitung unter den Arm, bevor er die Küche verließ.

Ulla seufzte genervt. Na toll, der verschwand jetzt erst einmal für eine halbe Stunde. Danach würde er duschen, dann war entweder der Computer oder der Fernseher dran. Letzten Untersuchungen zufolge waren die Italiener mit 245 Minuten täglich spitze in Europa, was den Fernsehkonsum betraf. Leonardo leistete als guter Patriot einen wesentlichen Beitrag zu dieser astronomischen Zahl.

Na ja, jetzt hieß es erst einmal tief durchatmen. Okay, eins nach dem anderen. Drei Personen mehr für ein paar Tage waren ja eigentlich nicht das Problem. Da hatte Leo Recht. Vom Platz her schon überhaupt nicht. Wenn Ulla es genau überlegte, kam das Ganze nur ein wenig überraschend. Aber schließlich war sie diejenige gewesen, die während des Hausbaus immer wieder betont hatte, wie schön es sei, bald ausreichend Platz zu haben, um seine Eltern auch einmal für ein paar Tage einzuladen. Und natürlich wollte Leo ihnen stolz das Haus und alles andere präsentieren, was sie sich zusammen aufgebaut hatten. Nun schämte sich Ulla, dass sie so überreagiert hatte. Es handelte sich schließlich nicht um Fremde, sondern um die eigene Familie. Sie würde Leo überraschen, indem sie liebevoll alles für den Besuch vorbereitete. Ihre Schwiegereltern kannten das deutsche Essen gar nicht, denn selbst wenn sie in Italien hätte kochen dürfen, wäre es ihr kaum gelungen, die passenden Zutaten in dem kleinen Dorf zu besorgen Oh, ja, sie würde ihre Schwiegereltern und ihren Schwager mit typisch deutschen, deftigen Mahlzeiten verwöhnen. Und Leo würde stolz auf sie sein, wenn sie alles so gut organisierte, dass die Besuchstage stressfrei für die ganze Familie verliefen. Ulla würde sich als nervenstarke, umsichtige, stets freundliche, geduldige und perfekte Gastgeberin präsentieren.

Jetzt fühlte Ulla sich schon viel besser und schaltete das Radio ein. Sie begann tanzend die Spülmaschine auszuräumen und sang dabei. Nach einer besonders gelungenen Pirouette in Richtung Besteckschublade stand plötzlich Fabio vor ihr. Ulla schnappte seine Arme und zog ihn im Rhythmus mit sich. Fabio wehrte sich mit aller Kraft, riss sich schließlich los und rannte blitzschnell zur Tür. Dort prallte er mit Francesca zusammen, die zwar endlich den Satin-Bademantel abgelegt hatte, ihn aber gegen ein nicht minder gewagtes hautenges schwarzes T-Shirt mit einer grellbunten Kitschrose eingetauscht hatte. Francesca schaute zuerst ihrem flüchtenden Bruder nach und drehte sich dann mit einem verächtlichen Blick zu ihrer Mutter um. Ulla tanzte weiter.

»Weißt du was, Mama? Du bist megapeinlich. Man sollte nicht glauben, dass du drei Kinder hast und über 40 bist.«

»Und ich hätte nicht gedacht, dass ich mal so stockkonservative Kinder haben würde«, antwortete Ulla.

»Im Übrigen, da du mich ja letzte Woche gefragt hast, was ich mir zu Weihnachten wünsche: eine Zeitmaschine, und sonst gar nichts.«

»Wo würdest du damit hinfahren?«, wollte Francesca hämisch grinsend wissen.

»20 Jahre zurück, und ich würde mich sofort sterilisieren lassen! Und falls du in Stimmung bist, da drüben liegen deine Geburtstagsgeschenke.«

»Auf die kann ich verzichten«, heulte Francesca gekränkt auf, »lieber hätte ich eine normale Familie.« Damit knallte die Küchentür zum dritten Male zu.

»Mà porca la miseria, was ist hier eigentlich los?«, schrie nun Leonardo aus dem oberen Stockwerk durchs Haus. »Jedes Wochenende das gleiche Theater. Gott sei Dank darf ich am Montag wieder zur Arbeit gehen, dort habe ich wenigstens meine Ruhe.«

Gerade als Ulla eine passende Antwort brüllen wollte, klingelte das Telefon.

»Rocco?«, meldete sie sich gereizt.

»Hallo, ich bin's.« Es war ihre Mutter. Ulla riss sich zusammen, schließlich konnte Elisabeth nicht ahnen, in was für eine Situation sie geplatzt war.

»Hallo Mama, was gibt's?«

»Ich wollte nur noch mal fragen, wann wir uns heute Abend treffen?«

»Um 17.00 Uhr bei uns. Wir fahren gemeinsam zum Chinesen.«

»Gut, dann weiß ich ja Bescheid. Packt Francesca die Geschenke bei euch aus?«

»Ja natürlich, das schleifen wir nicht alles mit.«

»Was hat sie denn zu dem MP3-Player gesagt?«, fragte ihre Mutter.

»Das weiß ich noch nicht, wir sind gerade mittendrin«, antwortete Ulla, um das Telefonat schnell beenden zu können.

»Ach, dann will ich nicht länger stören. Bis heute Abend also!«

Ulla nahm Francescas Geschenke und trug sie nach oben. Sie klopfte an die Zimmertür ihrer Tochter und trat ein. Oh, Gott, auch das noch. Die Räucherstäbchen waren schon angezündet und Francesca lag mit anklagendem Gesichtsausdruck quer über ihrem Bett und hörte eine Esoterik-CD. Zu allem Übel hatte sie wieder den seidenen Morgenmantel übergezogen und wartete offensichtlich darauf, dass Ulla sich deswegen mit ihr anlegen würde. Die Zeichen standen auf Kampf!

Ulla atmete zweimal tief durch und lächelte ihre Tochter tapfer an: »Liebes, es tut mir leid, dass es an deinem Geburtstag schon so viel Hektik gegeben hat und ich nicht genügend Zeit für dich hatte. Ich wünsche dir alles Gute und hoffe, deine Geschenke gefallen dir!«

Gnädig erhob sich Madame von ihrem Bett, schlenderte desinteressiert zu ihrer Mutter und begutachtete die beiden Päckchen so vorsichtig, als ob sie Nitroglyzerin in ihnen vermuten würde. Ulla war kurz vor einer Explosion, riss sich aber mustergültig zusammen. Als Francesca aufreizend langsam das Papier entfernte und den MP3-Player entdeckte, den sie sich schon so lange wünschte, begann sie zu strahlen.

»Oh, Mama, vielen Dank, du bist die Beste. Entschuldige das mit vorhin, aber der kleine Idiot lässt mich nie ausschlafen.«

Angesichts des wiederhergestellten Friedens verzichtete Ulla darauf, Francesca wegen ihrer Wortwahl zurechtzuweisen.

»Ist okay, Kleine, wir sind schließlich alle mal gereizt.«

Im zweiten Päckchen befanden sich ein paar dicke Kuschelsocken sowie eine CD, die Francesca begeistert an sich presste. Dieser Sturm war also gebändigt. Leo kam nun ebenfalls zu Francesca, um sich von ihr danken zu lassen. Dann legte er den Arm um seine Frau und drückte sie kurz.

»Ich freue mich so auf Weihnachten, und du?« Ulla schluckte eine zynische Bemerkung hinunter und tätschelte seine Wange.

»Mehr als ich dir sagen kann, Schatz. Wir machen es deinen Eltern so richtig gemütlich.«

Leo küsste sie auf die Wange.

»Wir zwei, wir machen das, keine Sorge.«

Glücklich, dass sich der missglückte Start in den Tag doch noch zum Guten gewendet hatte, ging Ulla in das Zimmer ihres Sohnes, der mittlerweile damit begonnen hatte, einen Panzer zu bauen. Pädagogisch auch nicht besser als die ewigen Bagger, aber immerhin etwas Anderes.

»Papa hat versprochen, mit mir zu bauen. Das wird ein ganz cooler Panzer.«

»Möchtest du nicht lieber mit mir einkaufen gehen?« , fragte Ulla.

»Nein, ich bleibe hier.«

Ulla zog sich gerade im Schlafzimmer um, als Cristina hereinkam.

»Wo gehst du hin, Mama?«

»Einkaufen, hast du Lust mitzugehen?«

»Oh, toll, ich möchte mir sowieso noch einen Kajal kaufen. Warte, ich bin gleich fertig.«

Cristina ging ins Bad und Ulla, Böses ahnend, gleich hinterher.

»Wage es ja nicht, dich wie Cleopatra anzumalen, sonst kannst du zu Hause bleiben. Wir gehen einkaufen und nicht zu einem Casting!«

»Ja, schon gut, ich wollte mir nur noch die Haare kämmen«, entgegnete Cristina beschwichtigend.

»In fünf Minuten ist Abflug«, sagte Ulla und ging zu Leo.

»Muss ich noch irgendetwas Bestimmtes mitbringen?»

Dieser überlegte kurz: »Ich brauche noch ein paar Sachen vom Baumarkt, aber das mache ich besser selbst.«

Ulla küsste Leo und dann Fabio, der sich kurz an sie schmiegte.

»Du kannst jetzt gehen, Mama, der Papa und ich können das hier alleine!«

An Francescas Zimmertüre klopfte Ulla nur flüchtig.

»Wir gehen Francesca, bis später!«

Ulla hörte ein kurzes »Okay, Mama, ciao«. Wahrscheinlich war sie jetzt erst einmal mit ihrem MP3-Player beschäftigt. Ulla schnappte ihre Tasche und zog Schuhe und Mantel an. Es war empfindlich kalt geworden. Doch geschneit hatte es bisher noch nicht.

Sie rief »Tschühüss!« durchs Haus. Es war für Cristina gedacht, die auch prompt die Treppe herunterhetzte und zur Garderobe ging.

»Ich warte draußen im Auto«.

Ulla ging schon vor. Sie startete den Wagen und fuhr rückwärts aus der Garageneinfahrt heraus. In diesem Moment kam auch Cristina und setzte sich neben ihre Mutter.

»Das ist ja wohl nicht dein Ernst, oder?«, fragte Ulla.

»Einen kürzeren Rock hast du wohl nicht gefunden?«

»Wieso, mir ist nicht kalt! Außerdem habe ich eine dicke Strumpfhose an, sieh mal.«

Resigniert fuhr Ulla los.

»Tu mir einen Gefallen und halte dich im Supermarkt zwei bis drei Meter von mir entfernt, damit ja niemand denkt, wir gehören zusammen.«

»Och Mama, schau, ich bin überhaupt nicht geschminkt und wenn mir kalt ist, bin ich selbst schuld«, versuchte Cristina einzulenken.

Ulla lächelte gequält.

»Ich hoffe nur, das Essen beim Chinesen heute Abend wird nicht so aufregend wie der heutige Morgen.«

»Wer kommt eigentlich alles?«, wollte Cristina wissen.

»Oma und Opa und Onkel Rüdiger mit Familie.«

»Das wird bestimmt lustig«, freute sich Cristina.

Zwei Stunden später war gottlob alles überstanden. Es gab nichts, was Ulla mehr hasste, als einkaufen zu gehen. Sie brachte dies meistens möglichst schnell hinter sich, was ihr schon öfters den Vorwurf ihres Mannes eingebracht hatte, unkreativ zu sein. Leo verbrachte den Zeitraum, den Ulla für den gesamten Einkauf benötigte, schon allein in der Gemüse- und Obstabteilung. Zugegebenermaßen war es Ulla lieber, wenn Leo einkaufen ging, denn er dachte oft daran, Pistazien, Nüsse oder auch eine besonders gute Sorte Feigen mitzubringen, was ihr komischerweise nie gelang. Sie nahm sich zwar oft beim Betreten eines Supermarktes vor, dieses Mal Leo zu überraschen und etwas mitzubringen, was nicht auf ihrem Zettel stand, aber dann vergaß sie es doch, eben weil es nicht auf der Liste war. Sie gehörte zu den Leuten, die sich genau an den mitgebrachten Einkaufszettel hielten. Vielleicht hatte Leo mit der Bezeichnung »unkreativ« doch nicht ganz Unrecht. Wahrscheinlich lag es aber eher daran, dass Leo mehr Freiraum hatte. Er schleppte nicht die Kinder mit, die in zehnminütigem Rhythmus immer wieder zusammengetrommelt werden mussten. Er wurde nicht von der Käsetheke weggeholt, weil er sich unbedingt den neuesten Bagger in der zwei Kilometer entfernt liegenden Spielzeugabteilung ansehen musste. Er musste auch nicht von der Nudelecke zurück in die Schuh-Abteilung hetzen, um seinen Töchtern einen Vortrag über die Schädigung der Gelenke und Wirbelsäule zu halten. Und das nur, weil sich Francesca und Cristina in Cowboystiefel verliebt hatten, die neben einem geschmacklosen Leopardenmuster auch noch Absätze besaßen, auf denen Ulla nicht einmal mit Hilfe von Krücken hätte gehen können. Nein, Leo konnte nach Herzenslust von einer Ecke zur anderen wandeln, sich dabei von den Angeboten inspirieren lassen und seine Lieben daheim mit kulinarischem Neuland überraschen. Ulla blieb, wie den meisten Müttern, nichts Anderes übrig, als ihre Herde so schnell wie möglich durch das Geschäft zu schleusen. Deshalb wurde die Einkaufsliste auch so geschrieben, dass alles auf einer Route lag und Hindernisse wie zum Beispiel Spielzeugecken aussparte.

Nun jedenfalls waren Ulla und Cristina auf dem Heimweg. Cristina hatte sich eine Zeitschrift gekauft, in der sie gerade blätterte. Ulla sah dies mit Unbehagen. Sie wusste genau, zu Hause würde Francesca erst die Zeitschrift und dann Ulla mit einem Blick durchbohren, der nichts Anderes hieß als: »Mir hat man natürlich wieder nichts mitgebracht!«

Ulla schob den Gedanken beiseite und überlegte, was sie heute Abend zum Chinesen anziehen sollte. Sie wusste, dass sie der einzige Mensch auf der ganzen Welt war, der das Wetter beeinflussen konnte. Zog sie heute Abend einen Rock an, schneite es und das Thermometer fiel auf mindestens minus 20° C. Zog sie eine Hose an, würde es ein milder Abend werden, der an den Frühling erinnerte. Ulla entschied sich nach einem kurzen Abwägen für den Frühling. Also wieder einmal die einzige Hose, die noch nicht von Flecken und vom vielen Waschen gezeichnet war. Sie seufzte. Sie musste dringend etwas Neues zum Anziehen kaufen.

Daheim angekommen, half ihr Cristina, das Eingekaufte ins Haus zu bringen. Leo stand schon am Herd und kochte. Der Gute! Fabio stand auf seinem kleinen Hocker daneben und rührte unter Leos wachsamen Augen assistierend im Kochtopf herum. Sein Gesicht war vor Eifer gerötet.

»Was gibt's?«, fragte Ulla, trat hinter ihren Mann und umfasste ihn.

Leo tätschelte ihre Hände.

»Kartoffelsuppe«.

»Du bist ein Schatz, genau das Richtige bei diesem Wetter«, erwiderte Ulla. Dann ging sie nach oben, um sich etwas Bequemeres anzuziehen. Sie hörte schon auf der Treppe aufgeregtes Stimmengemurmel aus Cristinas Zimmer. Ulla klopfte an und trat ein.

»Was ist denn hier los?«

»Francesca ist sauer, weil wir ihr keine Zeitschrift mitgebracht haben. Dabei habe ich ihr schon gesagt, dass ich sie mir selbst gekauft habe. Selber schuld, sie hätte ja mitkommen können, oder?«

»Ja, aber das letzte Mal, als ich mit Mama einkaufen war, habe ich dir doch auch eine Zeitschrift mitgebracht. Ich hätte dir das Geld ja zurückgegeben.« Mit diesen Worten schoss Francesca an Ulla vorbei, die immer noch sprachlos dastand. Der Blick, den sie Ulla zuwarf, hätte eine ganze Armee vernichten können.

Ulla schüttelte nur den Kopf und verzog sich in ihr Schlafzimmer. Sie hatte jetzt keine Lust, Psychiater zu spielen und zu erklären oder zu vermitteln. Dies war heute ein einziges Irrenhaus. Sie würde sich den Tag nicht noch schwerer machen lassen. Pfeifend machte sie sich mit einem Berg Wäsche auf den Weg in den Keller. Sie blieb noch eine Zeitlang vor der sich drehenden Trommel stehen und schaute zu, wie die Wäschestücke sich nach und nach mit Wasser füllten und ineinander verschmolzen. Dann riss sie sich von dem beruhigenden Schauspiel los und kehrte in die Realität zurück.

Das Mittagessen verlief vergleichsweise friedlich. Leo und Ulla unterhielten sich über den anstehenden Besuch. Fabio fischte mit konzentrierter Miene alles aus seinem Teller heraus, was nicht nach Kartoffeln aussah, und hatte bereits einen ansehnlichen Hügel auf seiner Serviette errichtet. Cristina beteiligte sich mit diversen Zwischenbemerkungen an der Konversation ihrer Eltern. Francesca hatte beschlossen, die gesamte Familie für das Fehlverhalten ihrer Mutter im vorausgegangenen Streit um die Zeitschriften mit hoheitsvoller Missachtung zu strafen. Auf Fragen reagierte sie zunächst überhaupt nicht. Als Leo wissen wollte, was ihr schon wieder über die Leber gelaufen sei, zog Francesca spöttisch eine Augenbraue hoch. Nur sie und Leo beherrschten diese einschüchternde Geste. Sie streifte ihre Mutter mit einem verächtlichen Blick und sagte:

»Ich habe gar nichts.«

Leo entnahm diesem Blick, dass es wieder mal zwischen Francesca und Ulla gekracht hatte. Aber er wollte es sich mit keiner der beiden verderben, also zuckte er diplomatisch die Achseln und sagte sanft lächelnd zu seiner Tochter:

»Na, dann ist ja alles in Ordnung.«

Überwältigt von so viel Missachtung ihrer Probleme stieß Francesca ihren Stuhl nach hinten und rannte weinend in ihr Zimmer. Leo und Ulla tauschten einen verständnisinnigen Blick und aßen dann weiter. Cristina kicherte und Fabio, der inzwischen mit seinen Ausgrabungen auf dem Grund seines Tellers angekommen war, sagte nur:

»Wenn Francesca nicht isst, muss ich auch nicht essen.«

Der Rest des Nachmittags verlief ohne Zwischenfälle. Cristina baute mit Fabio eine Burg aus Legosteinen und Francesca lauschte unüberhörbar ihrer Meditationsmusik. So hatten Ulla und Leo endlich zwei ruhige Stündchen für sich, die sie gemeinsam in der Wohnküche verbrachten. Sie lasen Zeitung und tranken nebenher Espresso.

Um 17.00 Uhr kamen Ullas Eltern, Elisabeth und Heinz. Elisabeth, mit stattlicher Figur mittelgroß, Aubergine roten Haaren und braunen Augen, denen nichts entging. Heinz war nur wenig größer, schlank und grauhaarig. Seine hellen Augen hatten sich bei Ulla und ihrem Bruder Rüdiger durchgesetzt. Keine zwei Minuten später trafen auch Rüdiger und seine Frau Doris mit ihren Kindern Anna und Sven ein. Rüdiger blinzelte verschmitzt in die Runde, sein dunkelblondes Haar war, wie meistens, verwuschelt. Seine Nickelbrille hing schief auf der Nase. Seine Frau Doris hatte schwarzes, schulterlanges Haar und nussbraune Augen. Sven war seinem Vater wie aus dem Gesicht geschnitten, nur die Augenfarbe hatte er von seiner Mutter. Anna dagegen war ganz die Tochter ihrer Mutter. Ihr langes schwarzes Haar trug sie zur Feier des Tages offen. Anna liebte Familienfeste und stürmte als Erste zu Francesca, um zu gratulieren. Der Rest schloss sich ihr an. Francesca nahm die Glückwünsche huldvoll entgegen und genoss es, im Mittelpunkt zu stehen.

Nachdem die Geschenke ausgepackt und bei Francesca, Gott sei's gedankt, auch Zustimmung gefunden hatten, fuhren sie im Konvoi zum China-Restaurant in die nächste Stadt. Ulla, die sich in letzter Minute doch für den Rock entschieden hatte, weil ihr eingefallen war, dass es im Lokal ja bestimmt warm war und sie eigentlich nur den Weg vom Auto in die Gaststätte bewältigen musste, stellte nach 200 Metern Fahrt entsetzt fest, dass es zu schneien anfing.

»Ich wusste es, Leo, dreh um, ich möchte doch lieber eine Hose anziehen.«

»Wie stellst du dir das vor, ich dreh doch wegen deiner Hose jetzt nicht mehr um! Zu den Kindern sagst du ständig, sie würden nicht zu einer Oscar-Verleihung gehen, aber du benimmst dich jetzt schon genauso. Du bist hübsch so, wie du bist, glaube mir.«

Ulla wusste, es war zwecklos, ihm die eigentlichen Gründe für ihr Verhalten zu erklären. Es war nur eine kurze Fahrt, doch als sie am Parkplatz aus dem Auto stiegen, hatte sich bereits eine dünne Schneedecke gebildet. Na klasse, dachte Ulla. Sollte ich je meine Arbeit verlieren, finde ich auf jeden Fall eine Stelle bei irgendeiner Wetterstation. Der Meteorologe muss das Wetter einfach so ankündigen, dass ich mit meiner Kleidung komplett falsch liege, dann läge er richtig. Das funktioniert immer.

Sie hakte sich bei Leo unter und schaute Fabio zu, der begeistert aus dem bisschen Schnee kleine Schneekugeln formte und mit ihnen auf seine Cousine Anna schoss. Ein kurzes »Fabio!« ihres Göttergatten ließ den Sohnemann doch tatsächlich damit aufhören. Toll, sie benötigte mindestens drei solcher Befehle. Na egal, wenigstens hatte Leo sich dazu durchgerungen, hier auch einmal einzuschreiten. Cristina und Francesca befanden sich bereits im Lokal. Natürlich waren sie wieder 150 Meter vor den Eltern hergelaufen, nur für den Fall, dass zufällig einige Typen aus ihrer Clique aufkreuzten. Wäre ja vielleicht peinlich gewesen, mit den »zwei Alten« zusammen gesehen zu werden. Dass die Mädchen ihre Eltern insgeheim so betitelten, hatte Ulla letzte Woche rein zufällig mitbekommen, als sie am Zimmer von Cristina vorbeigekommen war, in dem die beiden Mädchen sich nicht gerade leise über ihre Eltern unterhielten. Dabei war mehrmals diese Bezeichnung gefallen. Zuerst wollte Ulla sie zur Rede stellen, aber dann dachte sie an die Zeit, als ihr Bruder und sie im gleichen Alter und ebenfalls nicht zimperlich in der Sprachauswahl waren, wenn es um die Eltern ging. War wohl eine typische Teenagerkrankheit.

Allerdings bildete Ulla sich ein, dass man den Teenies in der heutigen Zeit wesentlich mehr Verständnis entgegenbrachte als noch zu ihrer Zeit. Die Umgangsformen innerhalb der Familie waren liberaler. Wenn sie bedachte, was Leo und ihr manchmal von den Kindern zugemutet wurde, so bezweifelte sie, dass sie ein solches Verhalten ihren eigenen Eltern gegenüber überlebt hätte. In ihrem Elternhaus wurden Widerworte kaum geduldet und hatten meistens drastische Strafen zur Folge.

Rüdiger war ruhiger als Ulla. Er war nur ein Jahr jünger als sie, wirkte aber durch seine Ausgeglichenheit älter und gesetzter. Er war schon als Kind lieb und anpassungsfähig gewesen und hatte auf diese Weise mühelos alles erreicht, was er wollte.

Platsch! Ein Schneeball traf Ulla im Gesicht und riss sie aus ihren Gedanken. Oh, nein! Sie schminkte sich selten, doch heute hatte sie zur Feier des Tages Mascara aufgetragen. Ulla war den Tränen nahe, während sie mit einem Taschentuch ihr Gesicht abwischte. Leo half ihr dabei.

»Ach Ulla, er hat es nicht mit Absicht gemacht.«

Fabio stürmte auf seine Mutter zu und umklammerte ihre Beine.

»Mama, das wollte ich nicht.«

Zwischen zwei schwarzen Streifen auf ihren Wangen lächelte Ulla ihrem Jüngsten zu und sah plötzlich das Groteske an der Situation. Sie fing an zu lachen und konnte sich nicht mehr beherrschen. Der ganze Tag war schon ein einziges Chaos gewesen und dies hier war der einzig mögliche Abschluss dieses Horrortages. Sie lachte, während Tränen ihre Wangen hinunterliefen und den Rest der Mascara vernichteten. Als sie bei den Anderen ankamen, die bereits vor dem Eingang des China-Restaurants warteten, lachte Ulla immer noch.

»Oh, Gott, jetzt hat sie wieder einen ihrer hysterischen Anfälle«, hörte Ulla Francesca zu ihren Gästen sagen, »ich bin sicher, den hat sie sich extra aufgehoben, um mir den Geburtstag zu verderben.«

Doris, Anna und Sven schauten Ulla überrascht an und waren offensichtlich dankbar, mit Rüdiger den normaleren Teil der Familie abbekommen zu haben.

»Du, junge Dame, hältst jetzt deine Klappe, sonst gehen wir auf der Stelle wieder heim«, fuhr Leo zum Erstaunen aller Anwesenden seine Tochter an. Dann betraten sie gemeinsam das Restaurant. Ulla verschwand in der Toilette, um sich zu »renovieren«. Cristina folgte ihr.

»Nimm es nicht zu schwer, Mama, du siehst immer noch toll aus.«

Ullas Laune war wieder gestiegen und sie beschloss, diesen Abend zu genießen, komme, was da wolle. Sie tätschelte Cristinas Wange, straffte die Schultern und verließ den Waschraum.

Die Familie saß bereits am Tisch und studierte die Speisekarte. Leonardo hatte Ulla einen Platz neben sich freigehalten. Er drückte ihr kurz die Hand, als sie sich setzte, und sie tätschelte dankbar sein Knie. Ullas Mutter saß ihr schräg gegenüber und maßregelte gerade ihren Vater, der nervös zu den Kindern hinüberschaute, die alle nebeneinander am oberen Ende des Tisches saßen.

»Heinz, hör sofort damit auf, die Kinder zu kontrollieren. Schließlich sind die Eltern da. Schau in deine Karte und sei ruhig!«

»Ich kann auch gleich gehen, wenn es dir nicht passt«, entgegnete Heinz.

»Von mir aus«, gab Elisabeth ungerührt zurück und blätterte in der Speisekarte.

In diesem Moment erschien der Kellner, um die Bestellungen für die Getränke aufzunehmen. Die Kinder bestellten ausnahmslos Coca-Cola, nicht ohne vorher einen triumphierenden Blick auf die jeweiligen Erziehungsberechtigten zu werfen, wohl wissend, dass sie an diesem Tag damit durchkommen würden. Als der Kellner den Tisch verlassen hatte, wandte sich Doris an Francesca.

»Und, Süße, wie gefällt dir dein Geburtstag? Bist du mit deinen Geschenken zufrieden?«

»Ja, ist ganz okay«, antwortete Francesca und drehte sich wieder weg, um mit den anderen Kindern zu reden.

»Habe ich etwas Falsches gesagt, Ulla? Haben ihr die Geschenke nicht gefallen?«

Leo und Ulla blickten sich an. Doris war eine gute Seele, ohne Zweifel. Sie war an allem, was um sie herum vor sich ging, aufrichtig interessiert. Doris war einer der Menschen, die man auch mitten in der Nacht anrufen und um Hilfe bitten konnte. Fünf Minuten später war sie zur Stelle. Es gab nichts, was Doris nicht für jemanden getan hätte, solange es in ihrer Macht stand. Ihre Fürsorglichkeit wurde im Familienkreis auch prompt »Mutter-Theresa-Syndrom« genannt. Wenn es jemandem nicht gutging, führte Doris ihre Samaritertätigkeit auch gegen den Willen der betreffenden Person durch, immer im festen Glauben, diese zu ihrem Seelenheil zwingen zu müssen. Was wiederum zu Missverständnissen führte. Je nach Gutmütigkeit des »Opfers« waren derartige Irrtümer entweder schnell behoben oder es wurden längere therapeutische Erklärungsversuche notwendig. Doris war immer für andere da und natürlich erwartete sie dies auch von ihren Mitmenschen, was allerdings oft nicht der Fall war.

Ulla wollte nicht, dass Doris Francescas ablehnende Haltung auf sich bezog.

»Ach was, es war heute nur zu hektisch für Francesca, du weißt ja selbst, was an solchen Tagen manchmal zu Hause los ist.«

Doris nickte verständnisvoll. Bei ihr lagen die Dinge auch nicht einfacher. Rüdiger und sie bewohnten mit ihren Kindern das Obergeschoss von Ullas und Rüdigers Elternhaus, so dass sie beinahe täglich einen Spagat in alle Richtungen machen mussten. Der Vorteil einer Großfamilie bestand darin, dass man, wenn Not am Mann war, die Großeltern im Haus hatte. Die Kehrseite der Medaille: Man war in dieser Familienkonstellation nie allein. Hier galt es beinahe täglich, Klippen zu umschiffen.

Rüdiger, von Natur aus gutmütig und zur Apathie neigend, begnügte sich meistens mit einem charmanten Lächeln sowie zwei hilflos in die Luft geworfenen Armen, wenn Doris mal wieder nicht wusste, wie sie etwas regeln sollte.

»Heinz, weißt du schon, was du essen möchtest?«, fragte Doris gerade ihren Schwiegervater.

»Ist die Ente gut? Bekommt man da auch Spätzle dazu oder gibt es nur Reis?«, wollte dieser wissen.

»Spätzle weiß ich nicht, aber Nudeln machen sie dir bestimmt. Wenn du möchtest, kann ich gerne für dich nachfragen.«

Nun schaltete sich Elisabeth ein.

»Heinz, du musst doch nicht jedes Mal Spätzle oder Leberkäse essen. Wir sind schließlich beim Chinesen, du könntest ruhig mal etwas Neues ausprobieren.«

»Lass ihn doch essen, was er möchte!«, kam Doris ihrem Schwiegervater zu Hilfe.

»Calma, calma«, schaltete sich Leo ein, »Heinz wird schon etwas finden, habe ich Recht, Heinz?«

Rüdiger schüttelte grinsend den Kopf.

Als der Kellner die Getränke brachte und die Essenswünsche notierte, übernahm es Doris, ihn nach Spätzle zu fragen. Da man sich hier in einer typisch schwäbischen Region befand, erstaunte dieses Anliegen den Kellner nicht im Geringsten. Er gab seinem Bedauern darüber Ausdruck, dass Spätzle nicht zu haben seien, Heinz könne aber gebratene Nudeln zu dem Essen bekommen. Heinz übersah den Blick, den ihm Elisabeth zuwarf.

»Nein, das ist nicht nötig, dann nehme ich den Reis.«

Dann wandte er sich Doris zu.

»Schließlich muss ich den Kindern ja mit gutem Beispiel vorangehen.«

Ullas 85-jährige Großmutter Henriette hätte an diesem Abend auch dabei sein sollen, aber sie fühlte sich nicht gut und außerdem aß sie ungern in Lokalen. Es ging schließlich nichts über Hausmannskost. Der wahre Grund für die Absage war höchstwahrscheinlich der, dass Henriette ihre täglichen Fernsehserien nicht verpassen wollte. Sie lebte mit den Hauptpersonen, und an Henriettes Laune konnte man mühelos feststellen, was sich in ihrer Lieblingsserie tat. Trotz ihres fortgeschrittenen Alters legte sie immer noch großen Wert auf ihr Aussehen und der Eindruck, den sie bei anderen Leuten hinterließ, war ihr sehr wichtig. Ulla hatte ihre Großmutter noch nie ohne die obligatorischen hochhackigen Pumps gesehen. Sie trug auch immer einen Lippenstift auf und zog farbenfrohe Röcke an.

Endlich kam das Essen. Ulla schaute in die Runde. Anna und Cristina, die auch zu Hause ständig an den Mahlzeiten etwas auszusetzen hatten, stocherten kichernd in ihren Tellern herum und rochen misstrauisch an ihrem Essen. Dann spießte jede mit dem Ausdruck einer zum Tode Verurteilten den ersten Bissen auf die Gabel. Heinz langte herzhaft zu und unterhielt sich währenddessen mit Leo und Rüdiger. Die anderen Kinder stießen Entzückensrufe aus und überlegten gerade, ob sie sich wohl Stäbchen geben lassen sollten. Ulla konzentrierte sich auf ihren Teller. Ab und zu schnappte sie ein paar Gesprächsfetzen auf, beteiligte sich aber im Großen und Ganzen nicht an der Unterhaltung. Sie war urplötzlich müde und wollte nur noch nach Hause.

Nach dem Essen wurde den Kindern schnell langweilig und sie begannen, im Lokal herumzustreunen. Fabio schaute sich fasziniert das Aquarium an, das mitten im Lokal stand und als Raumteiler diente. Zusammen mit Sven hämmerte er rhythmisch gegen das Glas, was von Rüdiger und Leo mit einem nachsichtigen Lächeln quittiert wurde. Also blieb es wieder an Ulla und Doris hängen, das abzustellen.

»Fabio! Sven! Nicht an das Glas hämmern, okay? Sonst bekommen die Fische Angst.« Erschrocken hörten die Jungen damit auf und betrachteten besorgt das Aquarium.

Elisabeth befragte Leo ausgiebig zu dem bevorstehenden Besuch aus Italien. Leo antwortete einsilbig und ausweichend, was Elisabeth aber keineswegs entmutigte. Nach der zehnten Frage schaltete sich endlich Rüdiger ein.

»Mein Gott, du kannst einem ja Löcher in den Bauch fragen, lass ihn vielleicht erst einmal verdauen.«

Elisabeth schaute ihren sonst so ruhigen Sohn überrascht an.

»Wollt ihr mir das nächste Mal eine Liste geben mit den Themen, über die ich reden darf?«

»Ach komm, jetzt hab dich nicht so, Elisabeth«, warf Heinz ein, »genieße doch einfach den Abend.«

Ulla blickte Heinz dankbar an, der verstohlen den Rücken seiner Frau tätschelte.

Elisabeth entspannte sich und lächelte zu den Kindern hinüber, die offensichtlich ihren Spaß hatten, indem sie »Flüsterpost« spielten. Als sie gerade besonders laut lachten, tauchte der Kellner auf und brachte, wie es üblich ist, jedem Gast ein Gläschen Pflaumenwein. Man prostete sich gegenseitig zu, aber Elisabeth nahm Heinz das Glas aus der Hand.

»Du weißt doch, dass du das nicht verträgst, lass das lieber stehen!«

Die Teenager beschwerten sich, dass sie keinen Pflaumenwein bekommen hatten, nur Fabio, der an einem der Gläschen gerochen hatte, sagte: »Iiiih, das riecht ja schrecklich, wieso trinkt ihr so was?«

Unter Gelächter brach die Gesellschaft auf und machte sich auf den Heimweg. Die Autos waren inzwischen von einer ansehnlichen Schneedecke bedeckt. Zum Glück war die Fahrt nur kurz, denn Fabio fielen fast die Augen zu. Auch Francesca konnte sich kaum noch aufrecht halten, sie hatte ihren Kopf gegen Fabios Schulter gelehnt. Nur Cristina war hellwach. Ulla tätschelte Leos Knie, der kurz seine Hand vom Lenkrad nahm und ihre Finger drückte.

»So«, sagte er, »jetzt haben wir das auch geschafft und können uns ganz auf Weihnachten konzentrieren.«

»Ja«, erwiderte Ulla, »und auf deine Eltern und deinen Bruder.«

Zu Hause angekommen, waren Francesca und Fabio wieder putzmunter und weigerten sich, schlafen zu gehen.

»Für heute reicht es«, sagte Ulla.

»Morgen ist Sonntag, da können wir ausschlafen«, maulte Francesca.

»Am Montag ist wieder Schule, ihr könnt länger aufbleiben, wenn Weihnachtsferien sind«, warf Leo ein.

Murrend gingen die Kinder nach oben, um sich zu waschen und umzuziehen. Fabio versuchte noch, eine Gute-Nacht-Geschichte herauszuschinden, als Ulla ihn ins Bett brachte. Sie las ihm eine kurze Geschichte vor, damit er zufrieden war, und ging dann hinunter ins Wohnzimmer. Leo hatte zwei Gläser Rotwein eingeschenkt und die Fernsehkanäle nach einem geeigneten Film durchsucht. Ulla kuschelte sich zufrieden an ihn.

Was für ein Tag. Und das nächste Familientreffen fand ja schon bald statt. Denn am ersten Weihnachtstag waren Henriette sowie Ulla und Rüdiger mit ihren Familien bei Elisabeth und Heinz zum Essen eingeladen. Dieses Treffen hatte schon jahrelange Tradition und wurde von Ulla und Leo heimlich »Judgement-Day« genannt. Nicht ohne Grund, denn noch nie war es dabei ohne kleinere Malheurchen abgegangen. In diesem Jahr waren selbstverständlich auch Leos Verwandte eingeladen. Ulla hatte Elisabeth mit Rücksicht auf ihr schwaches Nervenkostüm angeboten, nicht zum Judgement-Day zu kommen, aber Elisabeth wollte davon nichts hören und bezog Leos Familie in ihre Planungen mit ein. Ulla und Doris wussten, wie viel Überwindung es Elisabeth kosten würde, die Vorbereitungen für diesen Tag auf die Reihe zu bringen, von kleinen vorprogrammierten Anfällen von Selbstzweifeln und Verzweiflung einmal ganz abgesehen. Auch wenn nur Familienangehörige die Gäste waren.

Am nächsten Morgen erwachte Ulla wie üblich als Erste, einige Minuten, bevor der Wecker klingelte. Seit Fabio in den Kindergarten ging, arbeitete sie wieder und konnte diesen Rhythmus auch am Wochenende nicht ablegen. Nicht einmal in ihrem Jahresurlaub gelang es ihr, länger zu schlafen. Sie drehte sich um und tastete nach Leo. Dieser grunzte und rückte näher an sie heran. Ulla küsste ihn vorsichtig und drehte sich dann weg, um aufzustehen. Heute sollte er ausschlafen. Er hatte das ganze Jahr kaum Urlaub bekommen, weil er Vertretungen zu übernehmen hatte und die Wochenenden waren ihm deswegen heilig. Ulla wollte gerade die Bettdecke endgültig zurückschlagen, als Leo nach ihr griff und sie zu sich heranzog.

Später im Badezimmer, nachdem sie geduscht hatte, zwinkerte Ulla ihrem Spiegelbild zu.

»Guten Morgen, Glückskind!«

Pfeifend kam Leo herein, gab ihr einen zärtlichen Kuss auf den Nacken und verschwand unter der Dusche, während sich Ulla anzog.

Als beide fertig waren, gingen sie auf Zehenspitzen in die Küche hinunter. Was für ein Glück. Alle Kinder schliefen noch. Ulla nahm die Autoschlüssel vom Haken.

»Ich gehe Brötchen holen, okay?«

»Ja, ich bereite den Rest vor. Wenn wir Glück haben, können wir einmal in Ruhe frühstücken.« Mit diesen Worten drückte Leo schwungvoll auf den Knopf der Espressomaschine und holte dann seinen »Schatz« aus dem Keller. Eine meterlange, handgemachte Salami, die die Roccos, zusammen mit den anderen kulinarischen Köstlichkeiten, im September aus Italien mitgebracht hatten. Die besagte Salami wurde von Leo nur am Wochenende serviert.

»Diese Salami ist zu wertvoll, um gedankenlos in sich hineingegessen zu werden«, sagte er immer wieder, »das ist Qualität, die man nur in Italien findet.«

Während Leo zu Hause liebevoll den Tisch deckte, betrat Ulla das kleine Lebensmittelgeschäft, in welchem sie immer einkaufte. Die Inhaberin Emma stand mit bedrücktem Gesicht hinter der Theke. Außer Ulla war niemand im Laden.

»Guten Morgen, Emma!«, rief Ulla gutgelaunt.

»Hallo Ulla, schön, dass es für dich ein guter Morgen ist.« Emma klang weinerlich.

Oh, Gott, dachte Ulla, bitte nicht heute Morgen! Emma litt unter extremen Stimmungsschwankungen. Selbst Kleinigkeiten konnten bei ihr eine tiefe Depression auslösen, so dass sich Ulla manchmal überlegte, was sie wohl machte, wenn ihr tatsächlich einmal etwas Schreckliches passieren würde. Emmas Weltuntergänge bestanden in der Regel aus dem Zu-Spät-Kommen der Kinder, einem scheinbar distanzierten »Hallo« einer Kundin, einem Lächeln, das nicht ihr galt, einem Teig, der anstatt der vorgeschriebenen 10 cm nur 8 cm aufgegangen war oder ähnlichen »Katastrophen«. Gerade als Ulla überlegte, was die Säulen von

Emmas Welt dieses Mal erschüttert haben könnte, wurde sie auch schon mit den Einzelheiten des aktuellen Dramas konfrontiert. Emma hatte am Vortag eine Stange Geld für eine neue Haarfarbe ausgegeben und niemand, weder die Kundschaft noch ihr Mann, hatten sie bisher auf ihr besseres und jüngeres Aussehen angesprochen. Ulla starrte Emma staunend an und musste zugeben, dass Emma tatsächlich verändert aussah. Ja, in der Schläfengegend am Haaransatz konnte man sogar noch Reste der schwarzen Haarfarbe erkennen. Jede Frau, die sich dieser Prozedur schon einmal unterzogen hat, weiß natürlich, wie schwer die Farbe von der Haut zu entfernen ist.

»Mensch, Emma«, stammelte Ulla unbeholfen, »gerade eben wollte ich dir sagen, wie toll du aussiehst.«

»Ach was, gib es zu, du hast auch nichts bemerkt«, schniefte Emma.

»Doch, glaube mir bitte. Ich habe, seit ich dich eben gesehen habe, überlegt, warum du so verändert aussiehst. Es ist so natürlich geworden, dass es einem gar nicht gleich auffällt.«

»Wirklich?« Emma strahlte.

»Aber ja, dein Mann hat bestimmt nichts zu dir gesagt, weil er dir nicht das Gefühl geben wollte, du hättest vorher nicht gut genug ausgesehen. So sind die Männer. Lieber ein Wort zu wenig als eines zu viel!«

»Ja, aber die Kundschaft?«, gab Emma zu bedenken.

»Die sind wahrscheinlich nur neidisch, weil du so toll aussiehst.«

»Och, du bist lieb, vielen Dank!« Emma war beruhigt und endlich in der Lage, Ulla die Brötchen zu geben, wegen der sie schließlich gekommen war.

Befand sich Emma mal in keiner Krise, war der Laden gerammelt voll und man hatte kaum Zeit für ein Gespräch.

Heute aber, da Emma ihrem Weltschmerz frönte, kam Ulla anscheinend als einziger Mensch auf dem Globus auf die Idee, Brötchen zu kaufen. Nach mindestens zehn Minuten Seelenmassage brachte sie noch fünf Minuten Allerweltsgeplänkel hinter sich und zog dann endlich los. Sicher saß Leo inzwischen bockend vor seiner Salami. Dabei fiel ihr ein, dass sie ebenfalls vor gut einer Woche beim Friseur gewesen war. Sie hatte sich kleine Wellen in die Haare machen lassen, die von niemandem bemerkt wurden. Nicht einmal sie selbst hatte im täglichen Trubel noch daran gedacht. Soweit hatten sie sie also schon. Typisch Mann! Egal, ob man frisch vom Friseur kam oder einmal bei der Kosmetikerin war, Leo hatte noch nie etwas bemerkt. Aber an dem Tag, als Ulla nach ihrem Friseurbesuch einen Großeinkauf getätigt hatte, kam er von der Arbeit heim, betrat die Küche und stürzte sich sofort, ohne Ulla auch nur einen Blick zu gönnen, auf das winzige Basilikumtöpfchen, das sie aus dem Supermarkt mitgebracht hatte. Das hatte er sogar ohne seine Brille sofort gesehen. Ihre neue Frisur dagegen war ihm bis heute verborgen geblieben.

Wie erwartet sah sich Ulla zu Hause einem Leonardo gegenüber, der sie vorwurfsvoll anschaute und dann demonstrativ auf seine Armbanduhr blickte.

»Ja, ich weiß, du brauchst gar nichts zu sagen. Emma hatte mal wieder ein Problem und ich war die Einzige im Laden.«

»Na und, du kannst ein Gespräch auch einmal abbrechen, oder nicht?«

»Ja, aber du weißt ja, wie Emma ist. Sie hat geweint und war total verzweifelt.«

»Ist irgendjemand gestorben?«

»Nein, sie hat ihre Haare färben lassen und ihr Mann hat nichts bemerkt.«

»Du weißt doch, dass wir Männer nicht auf solche Äußerlichkeiten achten.«

Ulla verzichtete auf eine Antwort, strich sich ein wenig pikiert über ihre Löckchen und setzte sich zu Leo an den Tisch. Endlich konnte das Frühstück beginnen. Sie aßen genießerisch von der Salami und tranken ihren Espresso. Dabei unterhielten sie sich über das bevorstehende Weihnachtsfest und natürlich über den damit zusammenhängenden Besuch.

»Oje, das wird stressig. Stell dir vor, was wir alles planen und einkaufen müssen.«

»Keine Sorge, Schatz, das mache ich, ich verspreche es dir.«

»Nein, das brauchst du nicht, du arbeitest schließlich bis Heiligabend den ganzen Tag. Das geht nicht, dass du dann vorher, oder womöglich sogar noch abends, Vorräte heranschaffen musst.«

»Ach was«, Leo streichelte ihre Hand, »du hast genug mit den Weihnachtsgeschenken um die Ohren, überlasse alles andere nur mir. Du weißt doch, wie gerne ich einkaufen gehe.«

»Dafür liebe ich dich. Aber ich muss für deine Eltern und deinen Bruder noch etwas besorgen. Das erledige ich, okay?«

Leo ergriff Ullas Hände und zog sie zu sich her, um sie zu küssen.

»Oh, Gott, das ist ja widerlich! Sagt mal, seid ihr nicht zu alt für so was? Das ist ja voll peinlich!«, platzte Francesca in die Idylle.

Aber Ulla und Leo beachteten sie nicht. Kopfschüttelnd schlurfte Francesca zur Espressomaschine. Nun kamen auch Cristina und Fabio herein. Als alle Familienmitglieder um den Tisch versammelt waren, ließen sie den vergangenen Abend noch einmal Revue passieren. Francesca äußerte sich sehr zufrieden über den Verlauf ihres Geburtstages und würdigte, dass man ihren Hang zur asiatischen Kultur berücksichtigt hatte. Es versprach ein gemütlicher, fauler Sonntag zu werden. Ulla kochte und Leo spielte mit Fabio. Cristina und Francesca hörten Musik und die Familie fand sich erst zum Mittagessen wieder zusammen. Nachmittags wollten Ulla und Leo einen ausgedehnten Spaziergang unternehmen, was aber gleich auf Widerstand stieß.

»Tut mir leid, ich kann nicht mitgehen, ich schreibe morgen Latein, ich muss lernen«, erklärte Francesca.

»Ich kann auch nicht mit, ich muss noch für Erdkunde büffeln«, wandte Cristina ein.

Nun meuterte auch Fabio lautstark: »Wenn die nicht mitgehen, muss ich auch nicht mit.«

»Okay, okay«, sagte Leo, um die Wogen zu glätten, »Mama und ich gehen alleine und Fabio kann solange ausnahmsweise eine Kindersendung anschauen.«

»Das ist unfair, immer müssen wir die Babysendungen anschauen«, rief Francesca empört. »Wir könnten doch auch einen Videofilm angucken, der für alle interessant ist.«

»Hattest du nicht eben gesagt, du musst lernen?«

Leo fixierte seine Tochter.

»Oh, stimmt, ich dachte ja nur, falls ich mit Lernen fertig bin, bevor ihr zurückkommt.«

»Keine Sorge«, sagte Ulla, »wir werden in einer halben Stunde zurück sein, auch wenn wir große Lust hätten, mal möglichst weit von allem wegzukommen.«

Murrend erhoben sich die beiden Älteren, um sich in ihre Zimmer zurückzuziehen und wenigstens den Anschein zu erwecken, sie würden lernen. Leo suchte im Programmheft nach einem geeigneten Kinderfilm und wurde auch gleich fündig. Er schaltete den Fernseher ein und Fabio warf sich enthusiastisch auf das Sofa. Während Ulla sich Schuhe und Mantel anzog, erklärte Leo seinem Sohn, dass Mama und Papa bald wieder hier sein würden, noch bevor der Film zu Ende sei. Leo hätte ebenso gut einer Wand seinen Vortrag halten können, denn sobald der Fernseher flimmerte, stierte Fabio wie ein Zombie auf die Mattscheibe und würdigte seinen Vater keines Blickes. Achselzuckend ging Leo hinaus, um seine Jacke zu holen, während es Ulla noch einmal versuchte.

»Hast du gehört, Schätzchen? Mama und Papa sind gleich wieder da.«

»Mmmhh.«

»Fabio, ich rede mit dir!«

»...«

»Fabiooooo!«

»Mann, ich höre ja gar nichts«, rief Fabio genervt zurück.

Sie machten ihre routinemäßige Runde, die einen Zeitrahmen von ungefähr 30 Minuten nicht überschritt, und unterhielten sich über dieses und jenes. Ulla hakte sich zufrieden bei Leo unter.

»Eigentlich auch mal schön, so ganz ohne Kinder spazieren zu gehen. Keine Quengeleien, wie kalt es ist, wie weit, wie langweilig.«

»Ja«, erwiderte Leo, »wir sollten uns einmal ein Wochenende für uns ganz alleine gönnen. Irgendwann im Frühjahr vielleicht, was meinst du?«

»Tolle Idee, aber was machen wir mit den Kindern?«

»Na, das wird deine Mutter ja noch schaffen, die Kinder ein Wochenende zu versorgen. Für meine Mutter wäre das kein Problem.«

»Ich weiß, Leo, aber deine Mutter hat keine so schwachen Nerven.«

»Meine Mutter hatte fünf Kinder, so gut wie kein Geld und musste die ganze Wäsche an einem eiskalten Fluss waschen. Wenn hier jemand das Recht auf schwache Nerven hat, dann bestimmt nicht jemand, der ein Haus, ein Auto sowie einen Ehemann hat, der genug Geld verdient. Deine Mutter hat keine Sorgen. Ich wünschte manchmal, ich hätte ihr Leben, das kannst du mir glauben.«

»Leo, lass gut sein, wir nehmen uns mal ganz spontan ein Wochenende frei, wenn uns danach ist und wenn bei meiner Mutter auch alles in Ordnung ist. Wir brauchen ja keine langen Planungszeiten. Umso schöner wird es dann.«

Sie waren inzwischen noch etwa 50 Meter von ihrem Haus entfernt.

»Sei mal kurz still«, sagte Leo und legte den Kopf leicht schief, »ich höre Cristinas Stimme bis hierher.«

»Oh, nein!«, jammerte Ulla und beschleunigte ihre Schritte.

»Komisch, wenn es um Schminke, Partys und solche Sachen geht, sind sie erwachsen genug, aber nicht für eine halbe Stunde allein zu Hause.«

»Und eines sage ich dir, Ulla, egal was passiert ist, nichts, aber auch gar nichts, rechtfertigt diese Lautstärke.« Leo schloss erregt die Haustür auf. Der Krach war ohrenbetäubend. Ulla hatte inzwischen die Lärmquelle lokalisiert und stürmte in den ersten Stock. Dort stand Cristina vor dem Badezimmer und hämmerte wie wild mit beiden Fäusten gegen die Tür, rhythmisch vom Kreischen ihrer disharmonischen Stimme begleitet. Die Tür war von innen verriegelt und es waren unschwer Fabios Weinen sowie eine zeternde Francesca zu hören. Anscheinend hatten sie sich eingeschlossen.

»Was ist hier los?«, schrie Ulla gegen den Lärm an.

Cristina wandte sich um und durchbohrte sie mit einem Blick, für den sie als Hauptdarstellerin in einem inquisitorischen Drama den Oscar erhalten hätte. Haarsträhnen hatten sich aus ihrem Knoten gelöst und hingen ihr wild in ein bleiches, verzweifeltes Gesicht, dessen einziger Schmuck aus mehreren Rinnsalen schwarzer Tusche bestand. Um ein Haar wäre Ulla zurückgewichen, so sehr erschrak sie über diesen Anblick.

»Um Gottes willen, Schatz, was ist denn passiert?" Es musste etwas Furchtbares sein. So hatte sie ihre Tochter noch nie gesehen.

»Was heißt hier ›Schatz, was ist denn passiert‹, ich höre wohl nicht richtig! Alle drei hier runter, aber sofort, dann klären wir das!«, brüllte Leo aufgebracht.

»Wasch dir zuerst dein Gesicht, sonst flippt Papa aus«, riet Ulla ihrer Tochter.

»Dazu müsste ich vielleicht erst einmal ins Badezimmer kommen, oder nicht?«, antwortete diese schnippisch.

Ulla trommelte nun ihrerseits gegen die Tür.

»Aufmachen, aber ganz schnell!«

Erschrockene Stille, dann öffnete Francesca. Fabio stürmte heraus wie ein Verurteilter nach 20 Jahren Einzelhaft und sprang seiner Mutter direkt in die Arme. Er schluchzte immer noch.

»Was ist denn passiert, Engel?«, erkundigte sich Ulla zärtlich und funkelte Francesca schon einmal vorsorglich wütend an.

»Toll, immer bin ich an allem schuld. Eure Lieblinge würden ja nie etwas Böses tun, oder?«, kreischte Francesca, den Blick ihrer Mutter richtig interpretierend. Cristina ging mit einem hämischen Grinsen an Francesca vorbei ins Bad und Ulla herrschte ihre Töchter an.

»Ihr kommt beide sofort runter, ihr habt gehört, was Papa gesagt hat.«

Sie ging mit Fabio hinunter, wo er sich gleich in Papas Arme warf und dort noch einmal herzzerreißend aufschluchzte. Leo flüsterte zornig italienische Flüche vor sich hin.

»Jetzt reiß dich bloß zusammen, jeder erzählt seine Version, okay?", schlug Ulla vor.

Als sich alle um den Küchentisch versammelt hatten, sagte Cristina: »Ich darf anfangen, ich bin die Älteste.«

»Was du mit deinem Gejaule ja wieder einmal zur Genüge bewiesen hast«, gab Leo sarkastisch zurück. »Dein Geschrei hat man bis zur Kreuzung vorne gehört.«

»Also«, fuhr Cristina unbeirrt fort, »ich habe zu Francesca gesagt, ich will kurz ins Bad, um den neuen Lidschatten auszuprobieren, den mir Conny geschenkt hat, und dann ...«

»Ja, ich höre«, fuhr Leo mit bedrohlich leiser Stimme dazwischen.

»Ja also, ich habe davor noch schnell in der Küche etwas getrunken und als ich dann ins Badezimmer wollte, war Francesca mit Fabio drin und hat die Tür abgeschlossen.«

»Ja, weil Fabio dringend auf die Toilette musste«, unterbrach Francesca den Bericht ihrer Schwester.

»Wir haben, so weit ich mich erinnere, nicht nur eine Toilette im Haus«, erinnerte Leo, noch immer mit bedrohlich leiser Stimme.

»Ich musste gar nicht aufs Klo«, rief jetzt Fabio empört dazwischen, »Francesca hat gesagt, wir müssen uns vor Cristina verstecken, sie hat sich in ein Monster verwandelt und sucht uns.«

»Stimmt ja gar nicht, du Blödmann!«, schrie Francesca.

»Selber Blödmann!«, gab Fabio zurück.

Leo wandte sich an seine Älteste.

»Du willst mir allen Ernstes erzählen, dass du aussiehst wie eine zum Tode Verurteilte, weil du nicht an den Lidschatten 'rangekommen bist?«

Cristina wandte sich achselzuckend zur Seite.

»Und du Francesca, du machst deinem Bruder aus lauter Bosheit deiner Schwester gegenüber Angst?«

»Das war doch nur ein Spiel!«

»Ihr verschwindet jetzt sofort auf eure Zimmer und bis zum Abendessen will ich keinen Mucks mehr hören, habt ihr mich verstanden?«

Fabio fing sofort an zu weinen.

»Immer schreist du. Ich habe doch gar nichts gemacht.«

»Ja, dich habe ich auch nicht gemeint«, erwiderte Leo und wandte sich an die Mädchen.

»Ihr habt mich verstanden, ab mit euch. Und wenn das nicht reicht, könnt ihr noch einen Monat Fernsehverbot und Hausarrest bekommen!«

Francesca und Cristina verzogen sich blitzartig nach oben. Vor ihrem Zimmer drehte sich Francesca zu Cristina um und flüsterte: »Das eine kann ich dir versprechen, wenn die uns Fernsehverbot geben, dann haue ich ab!«

»Na du hast vielleicht Probleme«, konterte Cristina, »Hausarrest, das wäre echt ätzend, mir reichen schon die Wochenenden mit denen.«

»Die sind so gemein. Wenn ich mal Kinder habe, bin ich nie so ungerecht wie Mama und Papa.« Mit diesen Worten ging Francesca in ihr Zimmer und begann sofort, ihrem Tagebuch die neuesten Missetaten ihrer Eltern anzuvertrauen.

Cristina rief von ihrem Handy aus gleich ihre Freundin an, um ihr vom neuesten »Austicken« ihrer alten Herrschaften zu berichten.

»Ich bin gottfroh, wenn wieder Montag ist. Lieber eine Woche Mathe als mit diesen Irren ein Wochenende zu verbringen.«

In der Küche stellte Fabio gerade noch einmal seine Sichtweise der Vorgänge dar, während er genüsslich einen Schokoladenpudding löffelte, den ihm sein Vater, sozusagen als »Gedächtnisstütze«, hingestellt hatte. Francesca war diesem Report nach wieder einmal die Hauptinitiatorin des Dramas gewesen. Ulla schaute zu Leo hinüber und Leo fragte genauer nach. Da der Pudding inzwischen gegessen war, verlangte Fabio, die Gunst der Stunde ausnutzend, einen zweiten.

»Nein, mein Junge, einer reicht.«

»Okay, dann erzähle ich auch nichts mehr.«

Leo und Ulla schauten ihrem Jüngsten sprachlos nach, als er die Küche verließ und ebenfalls nach oben stürmte.

In diesem Moment klingelte das Telefon.

»Rocco!«, knurrte Leo ins Telefon. Dann verfinsterte sich sein Gesichtsausdruck und er sagte: »Moment«.

Leo hielt Ulla den Hörer hin und flüsterte: »Frau Harrer!«

Ulla ergriff den Hörer und verdrehte die Augen.

Bei Frau Harrer handelte es sich um die Mutter der besten Freundin von Cristina. Conny, so der Name besagter Freundin, hatte seit ihrem »Einfall« in die Familie Rocco im Großen und Ganzen nur Unheil angerichtet. Cristina zog sich seither gewagt an, schminkte sich unangemessen und quittierte die meisten Bemerkungen ihrer Geschwister oder Eltern mit hochgezogenen Augenbrauen und einem Lächeln, das mit sehr viel gutem Willen als »mitleidig« beschrieben werden könnte. Diese neue, offen zur Schau getragene Arroganz wurde zuerst der Pubertät zugeschrieben. Aber dann war schnell klar, dass Conny dahintersteckte, nachdem sie die Familie Rocco ein paar Mal »heimgesucht« hatte. Conny war genau die Art Mädchen, die man sich auf keinen Fall als Umgang für die eigene Tochter wünschte.

Cristina hatte sich seit Entstehung der Symbiose mit Conny sehr negativ verändert. Ulla und Leo hatten diese Entwicklung besorgt verfolgt und sich deswegen erst vor einigen Wochen mit den Lehrern, die die Hauptfächer unterrichteten, zu einem Gespräch getroffen. Sie wollten herausfinden, ob sich die negative Veränderung ihres Verhaltens auch in der Schule bemerkbar machte, denn Cristinas Noten waren rapide schlechter geworden.

Was Ulla und Leo von den einzelnen Lehrern dann zu hören bekamen, übertraf ihre schlimmsten Befürchtungen. Conny und Cristina störten den Unterricht, indem sie ständig kicherten, nicht aufpassten und auch sonst die Schule nur als Kulisse für ihre Auftritte benutzen. Eine Abschwächung wurde insofern gemacht, dass sämtliche Lehrer Conny »kriminelle Energie« bescheinigten und Cristina sozusagen als »Mitläuferin« bezeichneten. Überdies lag ein wesentlicher Unterschied im Verhalten der beiden Mädchen. Während Cristina von allen Lehrern als liebes und anständiges Mädchen bezeichnet wurde, das nach einer Ermahnung auch wieder ruhig war und mitarbeitete, berichteten die Lehrer den entsetzten Eltern, dass Conny frech und respektlos auftrat und sie ständig provozierte.

Ulla und Leo einigten sich schließlich mit den Lehrern darauf, die beiden Mädchen in sämtlichen Fächern auseinanderzusetzen. Auch wollte man telefonisch in Verbindung bleiben, um sich über eventuelle Veränderungen sofort auszutauschen. Die bisherigen Telefonkontakte hatten gezeigt, dass die Entscheidung richtig gewesen war. Cristina arbeitete wieder gut im Unterricht mit, lachte nicht mehr ohne ersichtlichen Grund und war konzentriert. Dies schlug sich auch schon in der nächsten Arbeit nieder, die wesentlich besser ausfiel als die vorherigen.

Auch die Aufsässigkeit zu Hause verbesserte sich, nachdem Conny Hausverbot bekommen hatte und es auch Cristina nicht mehr erlaubt war, Conny zu besuchen. Wie Ulla und Leo von Cristina erfahren hatten, litt Conny sehr unter dieser Situation. Cristina selbst hatte sich dagegen ohne größeres Murren den Bedingungen der Eltern gebeugt. Für den Fall, dass sie sich nicht bessern sollte, war ihr nämlich ein Schulwechsel angedroht worden. Diesen wollte sie aber unbedingt vermeiden. Schließlich hatte sie auch noch andere Freundinnen in der Klasse, die sie nicht verlieren wollte.

»Rocco?«, meldete sich Ulla und hörte ein weinerliches »Harrer hier!« Nach einer kurzen Pause sprach Frau Harrer weiter: »Ich rufe an, weil die Conny so verzweifelt ist. Conny und Cristina sind so gut befreundet und sie versteht gar nicht, warum sich Cristina nicht mehr mit ihr treffen darf.«

An diesem Wochenende blieb den Roccos aber auch wirklich nichts erspart. Ulla fuhr sich gereizt mit der Hand über die Stirn.

»Frau Harrer, ich weiß genau, dass die Lehrer Ihnen dasselbe erzählt haben, was sie auch meinem Mann und mir mitgeteilt haben. Ich verstehe nicht, wo das Problem ist.«

»Aber, es reicht doch schon, wenn man die Kinder auseinandergesetzt hat. Wieso dürfen sie sich jetzt auch außerhalb der Schule nicht mehr treffen? Die Conny ist am Boden zerstört!«

»Frau Harrer, mein Mann und ich haben beschlossen, zum Wohle unserer Tochter und auch zum Wohle unserer Nerven diesen Weg einzuschlagen und bisher sind wir gut damit gefahren. Cristinas Verhalten hat sich gebessert und ihre Noten sind jetzt auch wieder im akzeptablen Bereich. Also sehen wir keinen Grund, die Regeln zu ändern.«

»Ja, aber die Mädchen waren doch eng befreundet. Man kann sich doch nicht so in eine innige Freundschaft einmischen.«

Ulla schaute zu Leo hinüber und drehte die Augen himmelwärts. Leo grinste. In diesem Moment kam Cristina herein. Sie wollte gerade etwas sagen, als Leo ihr zu verstehen gab, dass ihre Mutter am Telefon war und sie still sein sollte.

»Und die Conny, die ist jetzt am Boden zerstört, weil die Cristina nichts mehr mit ihr unternehmen darf«, klagte Frau Harrer in monotonem Tonfall weiter. Jetzt hatte Ulla genug.

»Frau Harrer, was Sie mit Ihrer Tochter machen, ist uns vollkommen gleichgültig, aber wir werden unsere Tochter so erziehen, wie wir das für richtig halten.«

»Ich hasse euch!«, zischte Cristina plötzlich ihrer Mutter mit zusammengekniffenen Augen zu und wollte die Küche verlassen, aber Leo schnappte sie am Ärmel.

»Einen Moment mal, was ist das für ein Ton?«

»Wieso muss Mama Connys Mutter anrufen?«

»Frau Harrer hat deine Mutter angerufen, Fräulein, nicht umgekehrt!«, herrschte Leo seine Tochter an.

Cristina riss sich los und rannte aus dem Zimmer.

»Ich bin auch konsequent, aber die Conny hat ihre beste Freundin verloren und weiß nicht einmal, warum«, insistierte Frau Harrer weiter. »Blödsinn machen doch schließlich alle in diesem Alter.«

»Ja, Frau Harrer, aber die beiden sind weit über das normale Maß hinausgeschossen.«

»Ja, aber …«

»Liebe Frau Harrer«, fiel ihr Ulla ins Wort, »ich diskutiere nicht mit Ihnen über unsere Erziehung. Ich wünsche Ihnen noch einen schönen Abend!«

Dann legte sie auf.

Leo schaute sie fragend an. Ulla wiederholte, was Frau Harrer gesagt hatte. Den Großteil hatte sich Leo schon aus Ullas Antworten zusammengereimt.

»Das hast du vollkommen richtiggemacht«, sagte er. »Wenn wir jetzt umfallen, haben wir ihr in einem Jahr überhaupt nichts mehr zu sagen. Das Ganze ist hoffentlich auch ein abschreckendes Beispiel für Francesca.«

»Ich bin echt froh, wenn dieses Wochenende vorbei ist, Leo, ich fühle mich, als ob ich einen 200 Kilometer-Marathon gelaufen wäre.«

»Mir geht es genauso. Komisch, ich hätte nie gedacht, dass ich mich einmal darauf freue, endlich wieder zur Arbeit zu gehen.«

Sie standen auf und machten sich an die Vorbereitungen für das Abendbrot. In den Kinderzimmern war es jetzt mucksmäuschenstill und als später alle um den Abendbrottisch versammelt waren, ging alles in bemerkenswerter Harmonie über die Bühne. Es gab zum ersten Mal seit langer Zeit kein Geschubse, kein Gekicher oder sonstige Ungezogenheiten. Natürlich schaute Cristina wegen Ullas Telefonat mit Connys Mutter demonstrativ an ihren Eltern vorbei und antwortete auf Fragen nur knapp, aber weder Leo noch Ulla konnten an dieser Schweigsamkeit etwas Unangenehmes finden. Francesca und Fabio benahmen sich manierlich und waren offensichtlich fest entschlossen, sich selbst im besten Licht zu präsentieren, umso mehr, nachdem Cristina in Ungnade gefallen war.

Später spielten alle eine Partie »Mensch ärgere Dich nicht«, mit Ausnahme von Cristina, die sich auf ihr Zimmer zurückzog, um angeblich noch zu lernen. Francesca brach, wie immer bei diesem Spiel, in Tränen aus, als sie das vierte Mal hintereinander rausgeschmissen wurde. Sie beschwor fast einen erneuten Krach herauf, als sie verkündete, jeder jage nur sie und sie spiele nicht mehr mit. Ein Blick ihrer Eltern genügte und sie würfelte tapfer weiter. Irgendwie brachte sie das Spiel, obwohl sie auch dieses verlor, mit Anstand hinter sich und ging dann nach oben. Fabio bekam noch eine Geschichte vorgelesen und wurde danach ebenfalls ins Bett verfrachtet.

Ulla und Leo waren endlich allein im Wohnzimmer und schauten sich eine Show an. Sie genossen die Stille und jeder hing seinen eigenen Gedanken nach. Nach einer Weile stand Leo auf und holte eine Flasche Rotwein und zwei Gläser. Sie stießen auf das glücklich überstandene Wochenende an sowie auf gute Nerven für die bevorstehende Woche. Ulla lehnte sich schläfrig an Leos Schulter und schloss die Augen. Bald schlief sie ein. Leo strich ihr durchs Haar und bettete ihren Kopf vorsichtig auf ein Kissen neben sich. Dann schaltete er auf seinen Lieblingskanal Rai Uno um und sah sich eine Reportage an. Anschließend weckte er Ulla und sie gingen ins Badezimmer. Als sie mit Zähneputzen fertig waren, kamen sie auf dem Weg zu ihrem Schlafzimmer an Francescas Zimmer vorbei. Ulla meinte, ein Geräusch vernommen zu haben, und blieb einen Moment regungslos an der Tür stehen. Leo sah sie fragend an. Ulla bedeutete ihm leise zu sein und lauschte. Sie hörte Francesca kichern. Mit einem Ruck drückte Ulla die Türklinke nach unten und knipste das Licht an. Letzteres allerdings wäre unnötig gewesen, da Francesca inmitten von flackernden Teelichtern auf ihrem Teppich saß und telefonierte. Ulla entfuhr ein wütendes Keuchen, woraufhin Leo vorsichtig den Kopf ins Zimmer hereinstreckte.

»Bist du komplett verrückt geworden?«, fauchte Ulla außer sich? »Und weißt du eigentlich, wie spät es inzwischen ist?«

»Frage 1: Negativ! Frage 2: Positiv!«, entgegnete Francesca mit einem süßen Lächeln und hauchte dann in ihr Handy:

»Tut mir leid, ich muss Schluss machen, wir sehen uns morgen.« Dann blickte sie Ulla milde lächelnd an. Bevor diese Anstalten machen konnte, sich auf Francesca zu stürzen, schnappte Leo sie am Nachthemd und zog sie ins Schlafzimmer.

»Lass es gut sein, Ulla. Morgen klären wir das. Ich verspreche es dir.« In Richtung Francesca zischte er: »Sofort ins Bett mit dir. Wir sprechen uns morgen, Fräulein!«

Als sie im Bett lagen, stöhnte Ulla.

»Eines Tages führen sie mich noch in einer Zwangsjacke hier raus. Ich glaube, das ist ihr Plan.«

»Denke nicht darüber nach und versuche zu schlafen. Wir müssen morgen beide früh aufstehen.« Leo küsste sie, drehte sich auf die Seite und war wenige Minuten später eingeschlafen. Ulla konnte es an seiner beginnenden Schnarch-Arie erkennen.

»Na toll, Hauptsache Tarzan kriegt seinen Schlaf.«

An Schlaf war für Ulla nicht mehr zu denken. Sie warf sich unruhig hin und her und überlegte, was sie mit Francesca tun könnte, damit dieses unmögliche Benehmen endlich ein Ende nahm. Lag es an ihr? War sie zu gutmütig? Nicht konsequent genug? War sie eine schlechte Mutter, die die Psyche ihres eigenen Kindes nicht gut genug kannte und deshalb diese Behandlung verdient hatte? Am liebsten hätte Ulla geweint, aber in ihrem Alter würde das grauenvolle Konsequenzen nach sich ziehen. Sie würde morgen Früh ein aufgequollenes Gesicht und einen bitteren Zug um den Mund haben. Sie müsste den ganzen Tag Fragen beantworten, ob sie Migräne habe, ob sie Probleme habe, ob sie von einem Bus angefahren worden sei. Also versagte sich Ulla die Tränen und beschloss, in der Küche noch in Ruhe ein Glas Wein zu trinken, ihr Leben Revue passieren zu lassen, um sich am Ende geläutert noch ein paar Stunden Schönheitsschlaf zu gönnen. Sie schlich aus dem Schlafzimmer. Als sie in der Küche auf die Uhr schaute, war es bereits 0.30 Uhr. Den Schönheitsschlaf konnte sie in diesem Fall vergessen. Ulla schenkte sich ein Glas Wein ein und nahm es nach kurzem Überlegen mit ins Wohnzimmer. Wenn sie schon wach war, konnte sie ebenso gut im Fernsehen nach einer Liebesschnulze schauen. Meistens mied sie solche Filme, wenn sie mit Leo fernsah, weil sie sonst jedes Mal weinen musste, was Leo unweigerlich spöttische Kommentare entlockte. Ulla zappte sich durch die Programme, fand aber keinen Liebesfilm. Es liefen Wiederholungen der mittäglichen Talksendungen, Kochsendungen und Serien. Eine Unverschämtheit! Was glaubten die Verantwortlichen der Fernsehanstalten eigentlich, mit welchem Zuschauerkreis sie es nachts um halb eins zu tun hatten? Das hier waren allenfalls Sendungen für Spanner oder psychisch Angeschlagene. Wo bitteschön war das Programm für die Hausfrau und Mutter von mehreren Kindern, die zusätzlich noch halbtags arbeiten ging? Wo war das Programm, das diesen Personenkreis bediente? Ulla schaute irritiert auf ihr Glas. Hatte sie sich nicht Wein eingeschenkt? Na ja, machte nichts, sie hatte in weiser Voraussicht die Flasche mitgenommen und schenkte sich nun nach.

Nach einer weiteren Zapprunde gab Ulla auf und schaute sich eine Talkshow an, in der unattraktive oder unvorteilhaft gekleidete Mütter beraten und neu gestylt wurden und danach sowohl von ihren Männern als auch ihren Kindern wiedergeliebt wurden. Mit tränenumflorten Blick sah Ulla zu, wie die Ehemänner und Kinder den »neuen Müttern« entgegenstürmten, sie in die Arme nahmen und ihnen versicherten, wie schön und einzigartig sie seien. Ulla weinte in ihr Glas, das sie in der Zwischenzeit noch einmal hatte auffüllen müssen, und nahm sich für den nächsten Tag fest vor, sich bei einer solchen Show zu bewerben. Über diesem tröstlichen Gedanken schlief sie auf dem Sofa ein und erwachte ein paar Stunden später, kurz bevor ihr Wecker oben im Schlafzimmer sowieso klingeln würde. Es ging einfach nichts über die innere Uhr. Ulla rappelte sich auf, doch sofort schoss ihr ein scharfer Schmerz in den Kopf. Sie schimpfte sich selbst eine Närrin, schaltete den Fernseher aus, räumte die Spuren ihres nächtlichen Gelages ab und huschte nach oben ins Bett.

Keine zwei Minuten später klingelte ihr Wecker und sie weckte Leo, bevor sie ins Badezimmer ging. Na super, da hätte sie gleich die ganze Nacht heulen können, so wie sie jetzt aussah. Nicht einmal die Busvariante wäre jetzt noch überzeugend gewesen. Als Leo das Badezimmer betrat, schlurfte er zum Waschbecken und hauchte Ulla einen flüchtigen Kuss auf ihr Haar. Sie besprengte ihr Gesicht mit wahren Ladungen von kaltem Wasser, um die Spuren der vergangenen Nacht zu vertreiben. Während Leo sich die Zähne putzte, hob Ulla vorsichtig ihren Kopf und sah in den Spiegel. Sie sah noch genauso übernächtigt aus wie zuvor. Mein Gott, was könnte sie nur Leo und den Kollegen sagen? Ob sie sich krankmelden sollte? Ulla beschloss, ihren Anblick an Leo zu testen. Als er den Mund ausgespült hatte, drehte sie ihn zu sich herum und fragte: »Na, wie sehe ich aus?« Leo musterte sie mit einem unsicheren Lächeln und erwiderte: »Prima, Schatz, warum?«

»Sieh mich doch einmal genau an. Wie sehe ich heute Morgen aus?«

»Nun, du siehst aus wie immer, ich weiß gar nicht, was du hast.«

In diesem Moment betrat Francesca das Badezimmer, murmelte eine rasche Entschuldigung und wollte sich gerade wieder zurückziehen, als sie mit einem Blick auf ihre Mutter ausrief: »Um Himmels willen, Mama, wie siehst du denn aus, so kannst du nicht unter die Leute gehen. Hast du geheult oder was?«

Leo schaute irritiert zuerst auf seine Tochter, dann auf seine Frau. Gerade, als er zu einer Frage ansetzen wollte, wurde die Badezimmertür erneut aufgerissen. Fabio stolperte schlaftrunken herein und setzte sich auf den Hocker neben der Badewanne.

»Guten Morgen, mein Schatz, hast du gut geschlafen?«, fragte Ulla.

Fabio rieb sich die Augen.

»Ja.«

Er gab Ulla ein Küsschen. Dann fragte er: »Hat dich eine Biene gestochen, Mama, du bist so dick und rot im Gesicht!«

Das war zu viel. Ulla stürzte aus dem Bad. Leo rief ihr hinterher: »Kannst du vielleicht Fabio helfen, du weißt doch, dass ich heute früher gehen muss?«

Ulla stürmte in die Küche, ohne zu antworten. Dort saß Cristina und schaute überrascht auf.

»Was ist denn mit dir los, Mama? Wie siehst du denn aus? Hast du geweint?«

»Laut Papa sehe ich genauso aus wie immer. Dein Vater würde es nicht einmal merken, wenn am Morgen eine andere Frau hier im Haus wäre!«

»Aber warum hast du denn geweint?«

»Das Wochenende war der blanke Horror, und du wasch dich gefälligst, sonst kommst du zu spät zur Schule.«

Cristina rauschte beleidigt ab.

Während Ulla die Schulbrote vorbereitete, überlegte sie, wie sie dieses Katastrophenwochenende ihren Kolleginnen beschreiben sollte. Das glaubte ihr kein Mensch, was sich in dieser kurzen Zeit alles bei ihr ereignet hatte. Wie tief musste ein Mensch sinken, um am Montagmorgen seinem Schöpfer dafür zu danken, dass er wieder zur Arbeit gehen durfte? Soweit hatten sie sie also schon! Ulla schüttelte den Kopf, während sie die Brote einpackte und danach den Tisch deckte. Mit ihr nicht! Vielleicht war es gar nicht so schlecht, wenn ihre Schwiegermutter kam. Sie würde sie ab und zu mal in die Küche lassen und sich in der Zwischenzeit eine kleine Pause gönnen. Ja, so würde sie es machen. Im Grunde genommen lief das in einer sizilianischen Großfamilie ja genauso ab. Die Nonna erwartete zwar umsorgt zu werden, aber sie wollte auch mal kochen oder auf die Enkel aufpassen. Das war überhaupt die Idee! Vielleicht konnten Ulla und Leo endlich wieder einmal schön essen gehen und anschließend ins Kino. Ulla schwelgte in ihrem Tagtraum und konnte es kaum noch erwarten, bis der liebe Besuch endlich eintraf. Ja, es würde wundervoll werden. Und die Kinder hatten die Nonna, die sie umhegte und verhätschelte. Sie sahen sich ja weiß Gott selten genug. So würden beide Seiten zufrieden gestellt werden und ganz nebenbei könnten Ulla und Leo ihre Beziehung neu beleben. Oh, welch herrliches Weihnachtsfest. Ein Fest der Liebe und Nächstenliebe. Ulla drehte sich beschwingt um ihre eigene Achse und prallte gegen Leo. Sie stieß einen Schrei aus.

»Mein Gott, was schleichst du dich denn so an? Ich bin zu Tode erschrocken!«

Leo drückte sie an sich.

»Du, was ist denn los? Die Mädchen haben mich zur Schnecke gemacht, weil sogar Fabio gesehen habe, dass du angeblich komisch aussiehst. Nur mir sei das mal wieder nicht aufgefallen.«

»Ist schon okay, Leo«, antwortete Ulla großmütig, noch immer unter dem Einfluss ihres Tagtraums. »Mach dir keine Gedanken.«

Leo wirkte erleichtert und setzte sich an den gedeckten Tisch. Er hatte mit einer Riesenszene gerechnet, und nun dies. Na ja, er würde die Frauen ohnehin nie verstehen.

Nach einem heulenden Fabio, der sich beschwerte, was für einen Babykram er anziehen sollte, setzte sich auch Cristina endlich an den Tisch. Sie waren gerade mit dem Frühstück fertig, als Francesca in die Küche kam. Die Diva der Familie hatte wie immer einen Sonderauftritt. Sie schwebte genau eine Minute, bevor sie zum Bus musste, herein, hauchte ihren Eltern ein angedeutetes Küsschen hinter die Ohren und wollte sich eben verabschieden, als Leo schimpfte:

»Was soll das eigentlich, frühstückst du nicht einmal?«

Mit einem Lächeln, das man höchstens für einen geistig Minderbemittelten übrighatte, deutete Francesca bedauernd auf ihre Armbanduhr und ging zusammen mit Cristina in den Flur, um sich anzuziehen. Leo schüttelte den Kopf. Was würde seine Mama sagen, wenn sie diese Zustände vorfände? Wie stünde er bloß da? Niemand hier hatte Respekt vor ihm. Doch dann beschloss er achselzuckend, sich den Wochenbeginn nicht mit solchen Überlegungen zu erschweren und frühstückte mit dem Rest der Familie.

Während Ulla sich mit Fabio unterhielt, überlegte Leo, wie er den Aufenthalt seiner Familie hier in Deutschland zu einem unvergesslichen Erlebnis machen könnte. Für seine Mutter war er sowieso der große Held, denn als einziges ihrer Kinder lebte er nicht in Italien. Ja mehr noch: er lebte in Deutschland, was für die Italiener das Mekka schlechthin war. Dort war alles viel besser organisiert. Es gab Arbeit im Überfluss. Das Geld wurde einem praktisch hinterhergeschmissen. Dies jedenfalls war die landläufige Meinung in seinem Heimatland und Leo gedachte, seiner Verwandtschaft vorzuführen, wie gut es ihnen allen hier ging. Er würde Vorräte kaufen, Weine, Lebensmittel, es sollte an nichts fehlen. Die Eltern könnten in Francescas Zimmer wohnen, die sowieso das größte Zimmer der Kinder hatte. Francesca würde solange zu Cristina ziehen und sein Bruder Giuseppe bekäme den Hobbyraum im Keller. Für die paar Tage war das kein großer Umstand.

Das einzige Problem war der Fernseher. Leos Eltern, insbesondere seine Mutter, waren absolute Fernsehfetischisten. Bei Maria und Carmelo stand der Fernseher in der Küche, wo sich die beiden sowieso die meiste Zeit des Tages über aufhielten. Der Fernseher lief von morgens bis abends. Maria entging keine Serie. Sonntags schaute sie sich zusätzlich den Gottesdienst an. Soweit Leos Überlegungen. Er runzelte die Stirn und wandte sich an Ulla.

»Du weißt doch, dass meine Eltern praktisch ständig fernsehen. Wie machen wir das eigentlich hier? Die italienischen Kanäle empfangen wir ja auch alle. Denkst du, du könntest damit leben, wenn du nicht jeden Abend den Fernseher zur Verfügung hast?«

Wie von der Tarantel gestochen fuhr Ulla hoch.

»Also hör mal, das ganze Jahr über schaue ich so gut wie nie fern, aber du weißt, dass ich die Weihnachtszeit besonders liebe. Da möchte ich auch Weihnachtsfilme anschauen. Und zwar, wenn es gestattet ist, wann ich möchte und gefälligst in meiner Sprache! Außerdem, was ist eigentlich mit den Kindern? Die freuen sich doch ebenfalls auf die Ferien und wollen ab und zu einen Film ansehen.«

Leo überlegte kurz.

»Na gut, dann müssen wir eben ein Gerät mieten.« Bevor Ulla Widerspruch einlegen konnte, fügte er noch hinzu: »Wir könnten es in das Zimmer stellen, in dem der Computer steht. Dann können meine Eltern da fernsehen, ohne irgendjemanden zu stören. So profitieren beide Seiten.«

»Ja, stimmt«, musste Ulla zugeben. »Dann kann jeder machen, was er möchte.«

Leo stand auf.

»Also, bis heute Abend.«

Ulla drängte ebenfalls zum Aufbruch. Nachdem Fabio von seinen Freunden, mit denen er zusammen die erste Klasse besuchte, abgeholt worden war, fuhr sie geradewegs zur Arbeit. Sie parkte ihr Auto auf einem etwas außerhalb gelegenen Parkplatz der Stadt und machte sich von da aus auf ihren Weg zum Büro. Obwohl sie gut zehn Minuten zu Fuß zurücklegen musste, genoss sie diesen Marsch, egal wie das Wetter war. Das war ihre »Nachdenkzeit«. Auf dem Weg zur Arbeit überlegte sich Ulla, was für den jeweiligen Tag anstand, und plante in Gedanken die Organisation. Sie spielte mögliche Szenarien durch, rechnete die Zeit aus, die sie für die jeweiligen Termine benötigte, überlegte, was sie auf dem Weg gleich noch mit erledigen könnte und wunderte sich jedes Mal, wenn sie vor dem Gebäude stand, in dem sie arbeitete. Wie von einer unsichtbaren Schnur wurde sie hierhergeführt, ohne sich an den Weg, den sie zurückgelegt hatte, erinnern zu können.

Gegen Mittag, wenn sie zu ihrem Auto ging, sah die Sache natürlich schon ganz anders aus. Hier und dort hastete sie schnell in ein Geschäft, um noch Zutaten für das Essen zu besorgen,

Schulhefte für die Kinder oder ähnliches. Die selige Gelassenheit des Morgens war dahin, aber so sparte sie sich weitere Fahrten am Nachmittag, wenn sie auf dem Heimweg das Nötige erledigte.

»Mist!« Siedendheiß fiel Ulla ein, dass sie neben den Weihnachtsgeschenken für die lieben Kleinen auch noch ihre Schwiegereltern und ihren Schwager mit einem Geschenk beglücken musste. Es war ihr ein Rätsel, wann sie dies erledigen sollte. Sie hatte nicht mehr viel Zeit! Es graute ihr jetzt schon davor, obwohl sie eine gewisse Übung darin besaß, alles auf den letzten Drücker zu besorgen. Da sie einkaufen so sehr hasste, schob sie es naturgemäß immer so lange vor sich her, bis dann der Tag X wie ein Damoklesschwert über ihr hing und ihr nichts Anderes übrigblieb, als sich ins Getümmel zu stürzen. Und ein Getümmel würde es werden. Erfahrungsgemäß entschieden sich nämlich noch mehr »Abenteurer«, die Weihnachtsgeschenke erst einen Tag vorher zu besorgen. Oder die besonders kühnen Zeitgenossen, zu denen sich Ulla zählte, exakt am Heiligen Abend. Auf jeden Fall waren die besten Angebote dann schon abgeräumt. Das waren ja fabelhafte Aussichten.

Bei diesem Gedanken realisierte Ulla, dass sie bereits die Treppen zu dem Büro hochstieg, in dem sie halbtags als Sekretärin arbeitete. Sie schaute zuerst in ihr Postfach im Erdgeschoß, bevor sie schließlich in den fünften Stock ging. Dort hatte das Schicksal ihr ein Büro direkt unter dem nicht isolierten Dach zugewiesen, mit einem Fenster, das kleiner als jenes in der Gästetoilette ihres Hauses war. In ihrem Büro wurde es niemals hell und Ulla fragte sich schon lange, ob dieser Raum einmal als Kerker gedient hatte. Da das Bürogebäude schon einige Jahrzehnte existierte, was auch die mangelhafte Isolierung erklärte, schien Ulla der Gedanke gar nicht so abwegig. Im Gegenteil. Hier, direkt unter dem Dach, war man total vom täglichen Geschehen ausgeschlossen. Man sah niemanden, es sei denn, man bemühte sich ein Stockwerk tiefer oder frequentierte die Toilette. Und man wurde auch selbst nicht gesehen. Um Amokläufe oder sonstige Überreaktionen auf das überwältigende Gefühl der absoluten Einsamkeit zu verhindern, war höchstwahrscheinlich die tägliche Pause eingeführt worden.

Sie dauerte eine Viertelstunde. In dieser Zeit konnte Ulla sich mit ihren Kolleginnen austauschen.

Dieses tägliche Ritual begann jeden Morgen um 10.00 Uhr und trieb wie von Geisterhand gelenkt sämtliche Kolleginnen des Gebäudes in einem Raum zusammen, der außerhalb dieser Zusammenkünfte ein Dasein als Postraum fristete. Man trank Tee und unterhielt sich über die Arbeit im Allgemeinen und die täglichen Probleme im Besonderen. Ullas Berichte wurden speziell von einer Kollegin, deren Töchter im selben Alter wie Cristina und Francesca waren, täglich mit Spannung erwartet. Die Katastrophenberichte aus dem Haus der Roccos minimierten die bei besagter Kollegin hin und wieder auftretenden Erziehungsprobleme auf ein annehmbares Maß. So auch heute wieder. Vom verständnislosen Kopfschütteln über Unglauben bis hin zu hysterischem Gelächter, je nach Charakter und Lebenssituation der jeweiligen Kolleginnen, waren wieder alle Reaktionen vertreten. Diese Gespräche halfen aber auch Ulla selbst. Sobald sie über die vorgefallenen Dinge sprach, erschienen sie ihr weit weniger belastend. Darüber hinaus warteten auch ihre Kolleginnen mit Geschichten auf, die ihr immer wieder zeigten, dass es ihnen im Grunde allen gleich ging. Und so etwas verbindet eben. Gestärkt ging Ulla aus der Pause heraus, brachte ihr angebrochenes Tagwerk in ihrem Kerkerzimmer noch schnell zu Ende und verließ dann ihren Arbeitsplatz.

Auf dem Nachhauseweg entwarf sie in aller Eile das Menü des heutigen Tages und hielt unterwegs bei einem Supermarkt an, um das Nötige dafür einzukaufen. Zu Hause angekommen, fing Ulla mit den Vorbereitungen für das Mittagessen an, da die Kinder jeden Moment eintreffen konnten. Heute hatte sie, um jeglichen Stress von vorneherein zu vermeiden, Schnitzel mit Gurkensalat eingeplant. Schnitzel mochten alle drei Kinder, Gurkensalat nur zwei von ihnen, nämlich Francesca und Fabio. Für den Abend würde sich Ulla noch ein Menü einfallen lassen müssen. Normalerweise aßen sie abends warm, weil Leo mittags nicht nach Hause kam. Als es Sturm klingelte, war Ulla gerade mit Tischdecken fertig. Ulla vergewisserte sich durch die Gegensprachanlage, dass es die Kinder waren und betätigte den elektrischen Türöffner. Die Kinder stolperten einer nach dem anderen in die Küche. Francesca rümpfte die Nase, als sie die Schnitzel in der Pfanne sah, enthielt sich jedoch nach einem Blick auf das Gesicht ihrer Mutter eines Kommentars. Cristina rief: »Was, nur eines für jeden? Das reicht mir nicht, ich habe Hunger!«, und Fabio jubelte vor Freude.

Während Ulla sich wortlos zur Pfanne umdrehte und sich mit der Beschwörungsformel: »Ganz ruhig, bleiben, Ulla, es dauert höchstens noch 20 Jahre, dann bist du sie alle los« zu beruhigen versuchte, hörte sie schon Francesca zu ihren Geschwistern sagen: »Jetzt redet sie schon mit den Schnitzeln, ich glaube es einfach nicht!«

In diesem Moment klingelte es wieder. Ulla ging verwundert zur Gegensprechanlage und hörte nur ein gepresstes »Ich bin's, komm heraus und hilf mir«. Ulla eilte durch den Flur und sah durch die Glasscheibe der Haustür schemenhaft ein unförmiges Wesen stehen. Vorsichtig öffnete sie die Tür einen Spaltbreit.

»Verdammt noch mal, Ulla, kannst du mich jetzt reinlassen oder warum dauert das so lange?« Ungläubig trat Ulla einen Schritt zurück und starrte Leonardo an, welcher einen riesigen Karton in den Armen trug, der seinen kompletten Oberkörper bedeckte.

»Ja, um Himmels willen, Leo, was hast du denn da?«, fragte sie und öffnete die Tür jetzt weit. Leo hastete eilig herein und stieß hinter dem Karton etwas hervor, was Ulla als »In die Speisekammer, schnell!« dechiffrieren konnte. Sie ging eilig voraus und öffnete ihrem Göttergatten die Küchentür. Die Kinder schrien begeistert auf, als sie das riesige Paket sahen, und Cristina und Francesca flüsterten Ulla aufgeregt zu: »Das sind bestimmt unsere Weihnachtsgeschenke, Mama!« Ulla schaute besorgt zu Fabio, ob er diese Äußerung vielleicht mitbekommen hatte. Fabio hatte aber inzwischen Francescas Gameboy entdeckt und sich beglückt mit seinem Fund ins Nebenzimmer verzogen. Ulla nickte glücklich und erwiderte: »Ja, ganz bestimmt. Mensch, dann ist Papa dieses Jahr aber großzügig.« Insgeheim fragte sie sich, was er wohl für seine Lieben besorgt hatte und tätschelte ihm aufgeregt den

Rücken, als er das schwere Paket ächzend in der an die Küche angrenzenden Speisekammer absetzte. Leonarde drehte sich unwirsch um.

»Ihr rührt das nicht an, verstanden?«

»Was für eine Frage, Leo, natürlich nicht«, zwitscherte Ulla, »bis Weihnachten können wir es noch abwarten, das ist ja in ein paar Tagen.« Und Cristina fügte hinzu: »Also, was du von uns denkst, wir sind doch nicht kindisch. Aber glaubst du nicht, dass das der falsche Ort ist, um Weihnachtsgeschenke zu lagern? Was ist, wenn Fabio aus Versehen drangeht?«

»Was redet ihr denn?«, entgegnete Leo mit zerfurchter Stirn, »wieso Weihnachtsgeschenke? Ich habe jetzt keine Zeit für den Blödsinn! Rührt mir hier nichts an. Ich kümmere mich heute Abend selbst darum, ich muss jetzt los.« Damit war er schon zur Tür hinaus.

Ulla, Cristina und Francesca standen unschlüssig vor dem fast mannshohen Paket und überlegten, ob sie es riskieren konnten, wenigstens einen Spalt hineinzuschneiden und einen Blick auf das Innere zu werfen. Bei näherer Betrachtung des Objektes fiel ihnen allerdings auf, dass der Inhalt, egal um was es sich handelte, besser geschützt war als die englischen Kronjuwelen. Und Leonardo würde eine Manipulation am Paket auf jeden Fall bemerken.

Achselzuckend wandte sich Ulla ab: »Sei's drum, wir essen jetzt.«

»Wetten, dass es doch die Weihnachtsgeschenke sind? Papa will das nur nicht zugeben, weil er verhindern möchte, dass wir dran herummachen«, gab Cristina zu bedenken.

Diese Erklärung leuchtete selbstverständlich ein und nachdem Ulla ihrem Jüngsten unter lautem Protest den Gameboy entrissen und ihn wie einen Verhafteten in die Küche geschleppt hatte, setzten sich alle an den Tisch, um endlich zu Mittag zu essen. Just in diesem Moment klingelte es noch einmal. Ulla ging direkt zur Tür, um nachzusehen und sah sich wieder Leonardo gegenüber, der einen tragbaren Fernseher in den Armen balancierte.

»Habe ich vergessen, sorry, den habe ich heute Morgen gemietet. Wenn ich heute Abend komme, schließe ich ihn an.« Ulla staunte: »Das ist aber schnell gegangen, deine Eltern werden sich bestimmt freuen, wenn sie das sehen.«

Leo lächelte. »Weißt du, ich möchte, dass sie es hier so schön wie möglich haben. Wenn sie am Abend ihre Nachrichten und Serien anschauen können, dann sind sie schon zufrieden. Du weißt ja: alte Leute sind einfach nicht mehr so flexibel.«

»Ja, ich finde, das war eine super Idee von dir.« Ulla folgte ihm in das für den Fernseher vorgesehene Zimmer und schaute zu, wie er ihn auf das Computertischchen stellte. Leonardo bedachte das Fernsehgerät noch mit einem letzten langen Blick, schaute seine Frau an und grinste. Dann küsste er sie auf die Nasenspitze und ging. Ulla setzte sich wieder zu den Kindern, um ihnen von dem Fernseher zu erzählen. Die Kinder brachen in Jubelgeschrei aus, hatten doch besonders die beiden Ältesten Bedenken gehabt, nicht alles, was sie gerne angeschaut hätten, sehen zu können. Dann endlich konnten sie in Ruhe essen.

Während Ulla sich hinterher daran machte, die Küche aufzuräumen, verdrückten sich Francesca und Cristina lautlos, um nicht zur Sklavenarbeit herangezogen zu werden. Fabio breitete auf dem Tisch seine Schulsachen aus, um seine Hausaufgaben zu erledigen. Ullas Gedanken kreisten immer wieder um das Paket in der Speisekammer. Was Leo wohl besorgt hatte? Na ja, sie musste sich wohl oder übel bis zum Abend gedulden. Die Stunden schleppten sich endlos dahin. Ulla konnte sich nur wundern, was für ein Blender die Zeit war. Hätte sie am Abend ihre eigene Exekution oder einen unliebsamen Besuch zu erwarten, wären ihr die Stunden bis dahin wie Sekunden erschienen. Freute man sich aber auf etwas, wurden Minuten plötzlich zu Stunden. Sie beschloss, sich abzulenken, indem sie die Küchenschränke ausräumte und putzte. Soweit sie sich erinnerte, hatte sie dies zwar vor einigen Monaten schon erledigt, aber speziell in den Küchenschränken sammelte sich ja immer so einiges an. Außerdem war sie in Fabios Nähe, falls Fragen zu seinen Aufgaben auftauchen sollten. Als Ulla den ersten Schrank komplett ausräumte, fiel ihr der Nussknacker in die Hände, den sie seit Weihnachten vor zwei Jahren vermisst hatte. Na also, zumindest war nun das Datum der letzten Generalreinigung zweifelsfrei festzustellen. Sich auf weitere Überraschungen einstellend, vertiefte sich Ulla in die Arbeit. Aus Cristinas Zimmer, direkt über der Küche, drangen Bassgeräusche und Ulla nahm sich vor, gleich nach oben zu gehen und Cristina darauf hinzuweisen, dass dieser Lärmpegel als Begleitung zu den Hausaufgaben wohl kaum geeignet sei. Als sie mit dem zweiten Schrank fertig war, warf sie einen kurzen Blick auf Fabio, der mit der Zunge zwischen den Zähnen eine anscheinend besonders knifflige Aufgabe zu lösen versuchte. Sie ging zu ihm, strich ihm übers Haar und fragte: »Kann ich dir helfen, Schätzchen?«

Fabio warf seinen Bleistift auf den Tisch. Er blickte Ulla böse an und schrie: »Du hast mich beim Überlegen gestört. Jetzt mache ich keine Hausaufgaben mehr!«

Ullas Blick verfinsterte sich, während sie ihren Sohn ansah.

»Mir doch egal, dann lernst du eben nichts und wirst Müllmann, wenn du groß bist.«

»Mir auch egal«, erwiderte Fabio, »dann lasse ich deine Mülltonne immer stehen!«

Ullas Sinn für Pädagogik verabschiedete sich schlagartig und sie beugte sich über ihren Sohn, fixierte ihn und drohte: »Wer keine Hausaufgaben macht, wird vom Fußballtraining abgemeldet.«

»Und wieso?« So schnell gab sich Fabio nicht geschlagen.

»Weil«, presste seine leidgeprüfte Mutter zwischen ihren Zähnen hervor »sogar Fußballspieler lesen, rechnen und schreiben lernen müssen, sonst dürfen sie in keinem wichtigen Verein spielen.«

Nach kurzem Überlegen gestand Fabio sich seine Niederlage ein, für dieses Mal jedenfalls. Er schaute seine Mutter aus großen, haselnussbraunen Augen an und sagte: »Okay, ich mache sie, aber dann darfst du mich auch nicht mehr stören.«

Erleichtert über diesen Teilsieg begab sich Ulla auf den Weg zu Cristina. Dabei stützte sie mit einer Hand ihren Rücken, der unter der ungewohnten knienden Haltung vor dem Küchenschrank gelitten hatte. Der Bass hämmerte ihr mit jedem Schritt penetranter entgegen und Ulla begann sich zu fragen, wie um alles in der Welt ein normaler Mensch bei diesem Krach Hausaufgaben machen konnte. Vor Cristinas Tür entschied Ulla aufgrund des Lärmpegels, auf das Anklopfen zu verzichten. Es würde sowieso nicht gehört werden. Cristina lag bäuchlings auf dem Boden und telefonierte. Telefonierte? Ulla traute ihren Augen nicht. Cristina fuhr überrascht hoch, deckte mit einer Hand ihr Handy ab und schrie: »Ich habe dich überhaupt nicht anklopfen gehört!«

Ulla schrie zurück:

»Sag mal, wie kann ein normaler Mensch bei diesem Lärm eigentlich telefonieren, geschweige denn Hausaufgaben machen? Und überhaupt, stell endlich das verdammte Ding leiser!«

Cristina murmelte etwas in ihr Handy, wahrscheinlich eine Entschuldigung für die unwillkommene Unterbrechung, erhob sich mit lasziven Bewegungen sowie dem Tempo einer Weinbergschnecke, machte sich aufreizend langsam auf den Weg zu ihrer Anlage und schob den Lautstärkeregler einen Millimeter nach unten. Dann drehte sie sich triumphierend zu ihrer Mutter um und fragte: »Zufrieden?«

Ulla nahm jedenfalls an, dass es dieses Wort war, denn sie musste sich aufgrund der immer noch stark eingeschränkten Akustik aufs Lippenlesen beschränken. Sie kniff die Augen zusammen und formte ein deutliches »NEIN« mit ihrem Mund. Um nur ja keine Missverständnisse aufkeimen zu lassen, unterstrich sie dieses Wort mit einer eindeutigen Geste ihrer rechten Hand in Halshöhe. Cristina riss die Augen auf, drehte sich zu ihrer Anlage um und drückte den Regler drei Zentimeter nach unten. Die plötzliche Stille verursachte ein Rauschen in Ullas Ohren, was sie jedoch im Vergleich zu der Open-Air-Festival-Lautstärke davor kaum beeinträchtigte.

»So besser?«, fragte Cristina zickig.

Statt einer Antwort spitzte Ulla ihre Lippen und hauchte Cristina ein Küsschen hinüber. Cristina tat, als finge sie das Küsschen auf, schleuderte es auf den Boden und trat zweimal so heftig auf die imaginäre Absturzstelle, dass der holzvertäfelte Boden erzitterte.

Ullas Lächeln gefror.

»Und was ist jetzt mit den Hausaufgaben, Fräulein?«, fauchte sie ihre Tochter an.

»Schon lange fertig.«

»Aha.« Zweifelnd fixierte Ulla noch einmal ihre Älteste, dann trat sie den Rückzug an.

Auf ihrem Weg nach unten in die Küche kam Ulla an Francescas Zimmer vorbei und lauschte. Nichts! Das gute Kind wenigstens machte also seine Hausaufgaben. Ullas Herz schwoll vor Mutterliebe an und sie öffnete vorsichtig die Tür, um die zukünftige Akademikerin nicht zu stören. Sie blinzelte durch einen winzigen Spalt hinein und sah ... NICHTS! Ulla öffnete die Tür ganz, schaute sogar hinter der Tür nach. Von Francesca keine Spur! Sie schloss kopfschüttelnd das Zimmer und rief: »Francescaaaaaaaa!«

»Jaha«, tönte es vom Dachboden her. »Ich bin hier oben!«

»Was machst du denn da?«, wollte Ulla wissen.

»Nihichts!«

»Wie sieht es mit Hausaufgaben aus?«, hakte Ulla nach.

»Erledigt!«

Ulla hatte anscheinend hochintelligente Kinder, da die Erledigung der Hausaufgaben kaum Zeit in Anspruch nahm. Nicht, dass sie in Francescas Fall hieran Zweifel gehegt hätte. Francesca besuchte das Gymnasium und hatte bis jetzt noch jedes Jahr einen Preis für einen besonders guten Notendurchschnitt am Schuljahresende erhalten. Dass sie ihre Hausaufgaben im Handumdrehen erledigt hatte, war nicht weiter verwunderlich. Leonardo betonte oft und gerne, dass dieses leichte Lernen in seiner Familie seit Generationen verankert war. Wie er immer wieder ohne Zweifel zu dulden anmerkte, war Francescas Intelligenz ganz offensichtlich ein genetisches Erbe der italienischen Verwandtschaft. Cristina hingegen tat nur das Nötigste. Dies hatte laut Leonardo natürlich die deutsche Seite auf dem Gewissen. An Intelligenz mangelte es nicht, wohl aber an der Einstellung. Auch sie besuchte das Gymnasium und brachte es jedes Jahr fertig, die Versetzung in die nächsthöhere Klasse gerade mal so zu schaffen. Dabei war das Mädchen klug. Ulla wusste, dass Cristina in jeder Quizshow, die Heavy-Metal-Bands zum Thema hätten, den Hauptpreis abräumen würde. Sie wusste einfach alles über Heavy-Metal-Bands, speziell über ihre Lieblingsgruppe: Wann wer wo geboren worden war. Die Lieblingsspeise des Drummers, die Allergien des Bassisten, die Namen aller 95 bisherigen Freundinnen des Leadsängers und die 37 Wohnungsumzüge des Gitarristen in seiner Kindheit. Letzterer war dadurch so traumatisiert worden, dass er Zuflucht in der Einnahme von Drogen fand, deren genaue Konsistenz Cristina ebenfalls bekannt war. Von Ulla einmal deswegen besorgt zur Rede gestellt, musste sie sich anhören, dass Cristina ihre einzige gute Note in Chemie nur ihrer Anbetung für eben diesen Gitarristen zu verdanken hätte und Ulla ihn deshalb, bitteschön, zu akzeptieren habe. Im Übrigen könne Ulla dankbar sein, dass Cristina, trotz ihrer mindestens ebenso stressigen Kindheit und Jugend, nicht gleichfalls zu Drogen griff. Dies wiederum sei dem Bassisten zu verdanken, der auf seinem Weg zu Gott erfahren habe, dass Drogen keine Lösung seien. Dermaßen bekehrt enthielt sich Ulla zukünftig jeden Kommentars, wenn sie die immer zahlreicher werdenden Poster dieser Band und vielen Einzelportraits, die ausschließlich den Gitarristen zeigten, in Cristinas Zimmer sah. Im Gegenteil, sie dankte dem Gitarristen jedes Mal stumm für Cristinas Chemienoten und ertappte sich im Laufe der Zeit dabei, wie sie vor jeder anstehenden Chemiearbeit in Zimmer ihrer Tochter schlich und vor besagtem Bildnis betete.

Zurück in der Küche wurde Ulla aus ihren Gedanken gerissen. Fabio räumte gerade seine Hefte in den Schulranzen.

»Fertig!«, jubelte er triumphierend.

»Soll ich mir das noch einmal anschauen?«, fragte Ulla.

Fabio antwortete nicht, warf den Schulranzen in die dafür vorgesehene Nische und stürmte zum Schuhschrank.

»Wo willst du hin?«

»Mit Michael Fußball spielen.«

Eine Minute später hörte Ulla die Haustür zufallen und war wieder mit ihren Küchenschränken alleine.

Anscheinend noch ein Genie in ihrer Familie. Als sie sich eben dazu überwunden hatte weiter zu arbeiten, klingelte es. Stöhnend erhob sich Ulla, rieb ihre malträtierten Bandscheiben und schlurfte zur Haustür. Das konnte nur Fabio sein, der etwas vergessen hatte.

»Was ist denn? So werde ich ja nie fertig.«

»Mama, Angelika braucht Safran. Hast du das?«

Angelika war Michaels Mutter und es fehlte ihr ständig etwas.

»Da muss ich erst einmal nachschauen«, antwortete Ulla. Doch Fabio nahm sie schon an der Hand und zog sie nach draußen.

»Komm, ich hab's nicht richtig verstanden.«

Draußen stand die Nachbarin.

»Ulla, du würdest mir echt helfen. Ich kann jetzt kein Safran mehr besorgen, ich bin schon mitten in den Vorbereitungen.«

»Kein Problem«, erwiderte Ulla kühn, »ich hab bestimmt was da.«

»Du bist so gut organisiert«, seufzte Angelika.

Wenn du wüsstest, dachte Ulla und ging ins Haus. Sie stöberte in ihrem Gewürzfach und fand endlich zwischen vielen kleinen Dosen, was sie suchte.

»Gott sei Dank«. Sie drehte die Dose, um den Allgemeinzustand zu überprüfen und stellte dann erschreckt fest, dass diese Dose ihren Zenit längst überschritten hatte. Um genau zu sein: vor ungefähr drei Jahren. Verdammt! Jetzt war Ulla im Dilemma. Wenn sie jetzt hinausgehen und Angelika sagen müsste, sie hätte kein Safran im Haus, wäre ihr Ruf der perfekten Organisatorin, den sie aus ihr unerfindlichen Gründen bei der Nachbarin genoss, für immer zerstört. Wählte sie die andere Variante und füllte einen Teil des Safrans in ein anderes Gefäß, um sein tatsächliche Alter zu verschleiern, riskierte sie gesundheitliche Folgen für die Nachbarfamilie. Im Gesundheitslexikon nachschlagen, welche Schäden dieser Methusalem anrichten konnte, war schon rein zeitlich nicht möglich. Auf der anderen Seite wäre dem Safran, wenn es jemals herauskäme, ein Eintrag im Guinness-Buch der Rekorde sicher. Nach kurzem Zögern entschied sich Ulla, ihren guten Ruf nicht zu gefährden und füllte einen Gutteil der veralteten Ware in ein kleines Gefäß. Etwas Schlimmeres als eine Magen-Darm-Infektion würde sicher nicht dabei herauskommen, und die ging ja nach ein paar Tagen vorbei. Nachdem sich Ulla auf diese Weise selbst beruhigt hatte, trat sie Angelika mit dem Glas in der Hand souverän gegenüber und nahm die Dankesrede der Nachbarin mit einem Kopfnicken entgegen. Angelika bedankte sich für die große Menge, die ihr so selbstlos überlassen wurde.

Fabio spielte inzwischen wieder Fußball mit seinen Freunden und Ulla ging nach einem kurzen Gespräch mit Angelika wieder zurück ins Haus, um sich den Küchenschränken zu widmen. Inzwischen bereute sie, dass sie überhaupt damit angefangen hatte, aber in zwei Tagen traf der Besuch aus Italien ein. Es war bestimmt kein Fehler, wenn ihre Schwiegermutter feststellen würde, dass ihr Sohn eine ordentliche Hausfrau geheiratet hatte. Oh, mein Gott! In zwei Tagen!

Während Ulla fieberhaft weiterputzte, fiel ihr das nächste Problem ein: Fabio! Dem Kind hatte sie noch immer nicht seinen Wunsch entlocken können. Dazu würden viel Diplomatie und noch mehr List nötig sein. Wahrscheinlich war es wieder irgendein Bagger oder so, den hätte sie im Handumdrehen besorgt. Dennoch musste sie endlich wissen, was denn sein sehnlichster Wunsch war. Sie beschloss, es heute in Erfahrung zu bringen. Es galt noch, das Menu für Heiligabend zu planen, der erste Weihnachtstag war ja dank Elisabeth, was das Essen betraf, gerettet. Leonardo hatte Recht. Irgendwie würden sie das gemeinsam hinbekommen. Als der letzte Küchenschrank glänzte, erhob sich Ulla mühsam und begann zu kochen. Am besten Spaghetti mit Tomatensoße und Salat. Das ging schnell und wurde zumindest von der Hälfte des Clans ohne Murren angenommen. Während die Soße kochte und sie eben die Spaghetti in das sprudelnde Wasser gleiten ließ, betrat Leonardo die Küche.

»Hallo, ich bin zu Hause!«

Ulla wirbelte herum und umarmte ihn stürmisch.

»Stell dir vor, ich habe heute Nachmittag alle Küchenschränke ausgewaschen und dabei den Nussknacker wiedergefunden, den wir schon so lange suchen.«

Leo lächelte.

»Aber sag mal, mir ist vorhin eingefallen, dass wir für deine Eltern und deinen Bruder noch gar keine Geschenke haben. Hast du eine Idee?«

»Ach, was«, entgegnete Leonardo. »Die sind glücklich, dass wir zusammen Weihnachten feiern. Das ist Geschenk genug.«

»Das geht nicht, jeder muss ein Geschenk bekommen, wie soll ich Fabio erklären, dass die drei nichts bekommen haben? Er glaubt doch noch an den Weihnachtsmann.«

»Na gut, besorg halt irgendwas. Badeschaum oder so, keine Panik! Hast du schon alles für die Kinder?«

»Eigentlich alles, bis auf Fabios Geschenk. Ich muss heute Abend versuchen, ihn auszufragen, sonst kaufen wir das Falsche und dann ist das Drama am Heiligen Abend perfekt. Apropos, hast du noch Weihnachtsgeschenke besorgt?«

»Wie kommst du denn darauf, Ulla? Das hast doch du immer gemacht.«

»Ja, aber was ist dann in dem Riesenpaket, das du heute Nachmittag angeschleppt hast?«

Leos Augen leuchteten auf.

»Da ist eine Überraschung drin, mein Schatz.«

»Darf ich mal sehen?«

»Certo«, gab Leonardo gut gelaunt zur Antwort und ging in die Speisekammer, um das Paket in die Küche zu schieben.

»Taraaaaaaaaaaaaaaaa!«, imitierte Leonardo einen Trommelwirbel.

Dann nahm er ein Messer, schlitzte das Pakte auf, öffnete die Deckel und trat zur Seite, um Ulla einen Blick auf die Herrlichkeiten werfen zu lassen. Ulla schaute erwartungsvoll hinein und erstarrte. Sie konnte nicht fassen, was sie da erblickte. Das Paket war angefüllt mit original italienischen Produkten. Ein großer Teil bestand aus allen erdenklichen Pastasorten, die dieses Land jemals im Laufe seiner Geschichte hervorgebracht hatte. Dazwischen, liebevoll arrangiert, massenhaft Tomatensoße in dekorative Gläser abgefüllt. Laut Etikett wurde nur einheimischen Tomaten diese Ehre zuteil. Denn keine Tomate kam vom Geschmack her an ihre italienische Schwester, die Königin aller Tomaten, heran.

Ulla fragte sich, wieso man die eigens im September hergestellten Produkte hier nicht verwendete, beschloss dann aber, nicht nachzufragen. Gekauft war gekauft und Leonardo hatte sich wahrscheinlich seinen Teil gedacht. Vielleicht wollte er nach ihrer Ankündigung, sie werde sich dieser Prozedur in den nächsten hundert Jahren nicht mehr unterziehen, sparsam mit den handgefertigten Tomatensoßen umgehen. Ulla entdeckte des Weiteren Parmaschinken, Parmesankäse, Oliven, Auberginen, alles ebenfalls mit dem Original-Etikett der Heimatnation ihres Mannes versehen.

Ulla wandte sich zu ihrem Gatten um. Leonardo ahnte nichts von dem Sturm, der im Herzen seiner Gattin wütete, und schaute Ulla stolz an wie ein Welpe, der das erste Mal ein Stöckchen korrekt apportiert hatte. Was bedeutete das Glitzern in seinen Augen? Sah Ulla richtig? Leonardo hatte Tränen der Rührung in den Augen.

»Ich dachte, es kommen nur drei Leute«, sagte Ulla.

»Ja, wieso?«

Ulla rang um Fassung.

»Weißt du eigentlich, dass man mit all dem Zeug hier drin eine ganze Fußballmannschaft einen Monat lang versorgen könnte?«

»Ach, das sieht nur so viel aus. Das täuscht. Aber weißt du, weniger konnte ich nicht nehmen. Du kennst doch das italienische Geschäft, von dem ich manchmal etwas mitbringe. Ich habe dem Besitzer von meinen Eltern und meinem Bruder erzählt und er hat mir einen wirklich tollen Preis gemacht. Da musste ich einfach zugreifen. Böse?«

»Verdammt noch mal, du wirst dir ja wohl nicht einbilden, dass es während des Besuchs nur italienisches Essen gibt, oder? Deine Familie ist hier in Deutschland und ich möchte auch deutsches Essen auf den Tisch stellen.«

»Du weißt doch, dass mein Vater seit seiner Magenoperation empfindlich ist und nicht scharf oder fett essen darf, Cara.«

»Leonardo, das ist jetzt über zehn Jahre her und bei uns wird ja wohl auch nicht scharf oder fett gegessen.«

Ulla war betrübt. Die Ereignisse warfen ihre Schatten voraus. Sie ahnte langsam, dass wohl nicht alles so harmonisch über die Bühne gehen würde, wie sie sich das vorgestellt hatte. Leonardo wandte sich um und pfiff die italienische Nationalhymne. Na bitte! Ulla musste hilflos mit ansehen, wie sich ihr Mann vor ihren Augen angesichts der nahenden Ankunft seiner Angehörigen in einen Vollblutitaliener verwandelte. So war das also! Leonardo war gesprächs- und kompromissbereit gewesen, als es um die Klärung der Regeln für diesen Besuch ging. Nun aber baute er auf die baldige Hilfe seiner Mama, die Ulla von ihrem Aufenthalt in Sizilien her als resolute Herrscherin über ihr Reich in Erinnerung hatte. Nicht, dass jemand nicht nett zu ihr und den Kindern gewesen wäre. Alle waren freundlich. Aber es war doch von Anfang an klar gewesen, dass sie nur als schmückendes Beiwerk ihres Mannes, des »Helden«, der in »Germania« sein Eden gefunden hatte, fungierte. Dass sie mitarbeitete und nebenher die Kinder und das Haus versorgte, interessierte niemanden. Wenn man in eine italienische Familie einheiratete, bekam man die Mama gratis dazu. Und diese Mama ist und bleibt die einzige, die im Haus etwas zu sagen hat. Man kann also Tausende von Kilometern entfernt Jahre lang alles bravourös managen. Von dem Moment an, in dem man die Schwelle des Königreiches Mama überschreitet, findet man sich auf gleicher Ebene mit den Kindern wieder. Anscheinend hatten die italienischen Männer nichts dagegen, verhätschelt zu werden. Leo war hier keine Ausnahme. Ulla konnte es nicht fassen, dass ihr offenbar nicht zugetraut wurde, den Salat richtig zu waschen. Als sie einen Apfel angefasst hatte und dann zum fünften Mal von ihrer Schwiegermutter gefragt wurde, ob sie sich auch die Hände gewaschen habe, hatte Ulla kapituliert und war nur noch zu den fertig zubereiteten Mahlzeiten in der Küche erschienen. Die Lobeshymnen, mit denen Leo seine Mutter bei jedem Essen überhäufte, waren Ulla so auf den Magen geschlagen, dass sie sich mehr als einmal bei dem Wunsch ertappte, ihm die Platte mit der »besten Lasagne, die er jemals gegessen habe«, ins Gesicht zu schleudern. Leo fiel wie ein Verhungernder über jede Mahlzeit von Mama her und stöhnte dabei so genussvoll, dass sie sich fragen musste, wie er ihre Mahlzeiten jahrelang ertragen hatte. Leonardo, dem sie deswegen heftige Vorwürfe gemacht hatte, tätschelte Ulla gutmütig den Rücken.

»Mach dir nichts draus, Schatz, das Gemüse schmeckt immer am besten, wenn man es da isst, wo es wächst.«

Sogar Cristina und Francesca hatten gefuttert, was das Zeug hielt. Das triumphierende und stolze Lächeln ihrer Schwiegermutter trug noch dazu bei, sich das Ende der Ferien herbeizusehnen. Der einzige, der Flagge gezeigt hatte, war Fabio gewesen. Von klein auf hasste er alles, was mit Tomaten zubereitet war. Das war der größte Witz an der Geschichte. Der heiß ersehnte Thronfolger erwies sich, was das Essen betraf, als resistent gegen die italienische Küche. Er aß fast nichts, was von Ullas Schwiegermutter gekocht wurde. Sein Herz hing an Braten, Nudeln, brauner Soße, dunklem Brot und eben typisch deutschem Essen. Es war Leonardos tiefer Kummer, dass ausgerechnet sein Sohn das deutscheste seiner Kinder war. Eine Ironie des Schicksals sozusagen. Er, der den geheiligten Namen Rocco weitertragen würde, hatte offenbar so gut wie kein italienisches Erbgut in sich. Wie konnte der Bursche einen Teller Pasta mit Tomatensoße für Schnitzel mit Kartoffelsalat stehen lassen? Auch die Schwiegereltern waren nicht begeistert, als sie das Essverhalten ihres Enkels begutachteten. Irgendwas musste da wohl falsch gelaufen sein, die Mädchen aßen doch schließlich auch alles. Die zornigen Blicke, die Ulla trafen, wenn Fabio nach Schnitzel oder Spätzle fragte, sprachen Bände. Als ob Ulla den heiß ersehnten Stammhalter manipuliert hätte.

Und jetzt also der Gegenbesuch. Nun, so schlimm würde es wohl nicht werden. Ulla sah bestimmt Gespenster. Immerhin war dies hier *ihr* Territorium. Was war schon dabei, wenn Leonardo sich freute und ebenfalls Vorbereitungen traf? Im Grunde war es Ulla klar, dass auch italienische Gerichte angeboten werden mussten. Sie war jung und flexibel. Sie würde erst einmal abwarten, wie sich die ganze Sache anließ. Im Moment war es wichtiger herauszufinden, was sich Fabio so sehnlich vom Weihnachtsmann wünschte.

Reumütig suchte sie nach Leo, der inzwischen vor seinem Computer saß, und legte ihm eine Hand auf die Schulter.

»Du hast wirklich ein Schnäppchen gemacht. Ich freue mich schon auf die tollen Sachen.«

Leo drehte sich um.

»Ich hab's ja nur gut gemeint.«

»Weiß ich doch, entschuldige, ich bin heute halt genervt. Und dann noch die ganzen Küchenschränke.«

»Das hättest du ja auch meiner Mutter überlassen können. Die freut sich, wenn sie was zu tun hat.«

Ulla verkniff sich eine Bemerkung, strich Leo übers Haar und trommelte dann die Familie zum Abendessen zusammen.

Abends saß Ulla am Bett ihres Sohnes und las ihm eine Weihnachtsgeschichte aus seinem Lieblingsbuch vor. Als sie schließlich das Buch zuklappte, wandte sich Ulla Fabio zu.

»Sag mal, Schätzchen, ich habe heute im Altpapier einen Zettel gefunden, auf dem *Bagger* und *Kran* stand«, sagte Ulla flunkernd. »Ich habe mich gefragt, ob das dein Weihnachtswunschzettel war.« Fabio schaute seine Mutter unschlüssig an. Ulla versuchte es weiter:

»Ich weiß, du schreibst dieses Jahr keinen Wunschzettel, weil der Weihnachtsmann ja erraten soll, was du dir wünschst. Aber mich hätte nur interessiert, ob das deine Wünsche sind, damit auch ich sehen kann, ob der Weihnachtsmann tatsächlich geheime Wünsche erfüllt. Ich habe ebenfalls keinen Zettel geschrieben und mache mir Sorgen, ob er mir trotzdem das Richtige bringt.«

»Dann testest du ihn dieses Jahr auch, Mama?«

»Ja, aber nicht weitersagen. Das ist ein großes Geheimnis«, flüsterte Ulla.

»Ich habe auch ein Geheimnis, Mama, aber du darfst es niemandem verraten, versprochen?«

»Großes Ehrenwort, Schatz.«

Fabio kletterte vom Bett herunter und machte sich in der Nische hinter seinem Bett zu schaffen. Dann zog er eine kleine Schachtel hervor, die all seine Schätze enthielt. Fabio öffnete sie, kramte kurz darin und streckte dann Ulla freudestrahlend einen kleinen Zettel entgegen. Es war tatsächlich Fabios Wunschzettel und er hatte nur ein einziges Wort darauf geschrieben. In krummen Buchstaben stand *RENNTIR* auf dem Papier. Oh, nein, nicht schon wieder! Letztes Jahr zu Weihnachten hatte sich Fabio »Rudolph das Rentier« gewünscht und der »Weihnachtsmann« erfüllte diesen Wunsch natürlich. Fabio hatte bei der Bescherung ein entzückendes kleines Plüsch-Rentier vorgefunden hatte. Seither legte er sich ohne dieses nicht mehr ins Bett. Er redete mit ihm und vertraute ihm seine Sorgen an. Ulla beugte sich zu Fabio hinunter.

»Du hast nur diesen einen Wunsch, Schätzchen? Aber wieso wünschst du dir denn ein Rentier? Du hast doch Rudolph schon. Oder meinst du ein anderes, Donner oder Blitz, oder so?«

Fabio schüttelte den Kopf.

»Ich will nur Rudolph.«

»Ja, aber den hast du doch schon. Wünsch dir doch etwas Anderes vom Weihnachtsmann.«

»Nein«, antwortete Fabio, »ich möchte Rudolph. Rudolph in groß.«

»Wie meinst du das, in groß?«

»Du weißt doch, Rudolph wird am Heiligen Abend lebendig, weil er dann dem Weihnachtsmann helfen muss, die Geschenke zu verteilen.«

»Lebendig?«, echote Ulla.

»Ja«, alle Stofftiere werden in der Heiligen Nacht lebendig und Rudolph ist ja das Tier vom Weihnachtsmann. Er ist letztes Weihnachten zu mir gekommen, weil ich ihn mir gewünscht habe. Aber dieses Jahr muss er wieder helfen und weil er dann schon ein Jahr alt ist, wächst er, wenn er lebendig ist.«

»Ja und dann?« Ulla brach der Angstschweiß aus.

»Na dann entscheidet Rudolph, ob er beim Weihnachtsmann bleibt oder nicht.«

Jetzt füllten sich Fabios Augen mit Tränen. Seine Lippen bebten.

»Denkst du, er kommt zu mir zurück?«

»Aber sicher kommt er zu dir zurück, mein Schatz«, hörte sich Ulla, nun selbst den Tränen nahe, sagen.

»Und wenn er zurückkommt, kommt er als riesengroßes Stofftier, so wie er eben in der Nacht gewachsen ist«, ergänzte Fabio.

»Aber ich mache ihm Platz in meinem Bett, das reicht trotzdem noch.« PENG!!! Ulla hörte, wie die Falle zuschnappte. Sie hatte ein paar lumpige Tage zur Verfügung, um genau diesen Rudolph in mindestens der doppelten Größe zu beschaffen. Sie gab Fabio einen Gutenachtkuss, strich ihm übers Haar und ging nach unten, um Leonardo die frohe Botschaft mitzuteilen.

»Das hast du nun davon, dass du den Jungen so verhätschelst«, sagte er. »Was soll das Ganze überhaupt? Mit sechs Jahren habe ich nicht mehr an den Weihnachtsmann geglaubt.«

»Oh, ich kann es nicht mehr hören. Okay, du hattest eine freudlose Kindheit, keine Spielsachen, hast schon mit sechs Jahren deinem Vater bei der Arbeit helfen müssen und einen Christbaum an Weihnachten hast du erst, seit du mit dieser komischen Deutschen verheiratet bist.« Ulla setzte sich genervt hin.

»Ja, aber gefehlt hat mir auch nichts, weil ich nichts Anderes gekannt habe. Und trotzdem …«

»Ja, trotzdem bist du ein ganzer Mann geworden«, fiel ihm Ulla ins Wort. »Das ist ja schön für dich, Leonardo. Aber ich möchte, dass meine Kinder diese Traditionen kennen lernen. Das sind Erlebnisse, an die sie sich später erinnern und die sie an ihre Kinder weitergeben.«

»Du machst ihn zu einem Weichei, Ulla. Was ist, wenn er das in der Schule erzählt und ein paar Kinder verraten ihm dann, dass es in Wirklichkeit keinen Weihnachtsmann gibt? Dann lachen sie ihn aus und das ist dann viel schlimmer, als wenn er es von uns erfahren hätte.«

»Mensch Leo, nächstes Jahr glaubt er sowieso nicht mehr dran, lass ihm dieses eine Jahr noch. Ich werde das schon irgendwie hinkriegen. Am besten rufe ich morgen mal in dem Geschäft an, in dem ich Rudolph gekauft habe.«

»Was ist, wenn es nicht klappt?«

»Keine Sorge, das klappt schon irgendwie.«

Leonardo sagte: »Komm, jetzt gehen wir zum gemütlichen Teil über. Schauen wir einen schönen Film zusammen an?«

»Aber gerne.« Ulla gähnte hinter vorgehaltener Hand. »Ich gehe heute bestimmt früher ins Bett, ich bin so müde.«

Sie schauten sich zuerst die Nachrichten an. Anschließend kam noch irgendeine Heimatschnulze, die sie klaglos hinnahmen, ohne sich die Mühe zu machen, etwas Anderes zu suchen.

»Das hätten wir vor einem Jahr niemals angeschaut, was Ulla?« Leo beugte sich zu ihr hinüber und streichelte ihre Wange.

»Das ist ein Zeichen, dass wir langsam alt werden.«

Ulla musste lachen.

»Weißt du was, Leo? Das sicherste Zeichen, dass wir alt werden, ist, dass ich ständig den so genannten ›Idiotensender‹ im Radio drin habe und wir beide die einzigen sind, die alle Texte mitsingen können. Die Kinder haben sich schon beschwert, sie kämen sich wie in einer Gruft vor.«

»Welche Kinder?«, seufzte Leonardo zufrieden.

»Keine Ahnung«, gab Ulla zurück.

Am nächsten Morgen wachte Ulla tränenüberströmt auf. Ihr fiel sofort die Rentiermisere ein. Wenn sie sich recht erinnerte, hatte sie sogar einen wirren Traum über die vergebliche Beschaffung des so innig gewünschten Rentieres gehabt: Sie war von Pontius zu Pilatus gelaufen, hatte telefoniert, gemailt und sich der Lächerlichkeit preisgegeben, alles nur, um am Schluss erfahren zu müssen, dass eben dieses Rentier, das Fabio zu Hause hatte, bereits die Kingsize-Version war. Daraufhin war sie nach Finnland gereist, hatte einer Rentierkuh das eben geworfene Kalb unter Lebensgefahr entwendet und dieses Kalb war nun in ihrem schneebedeckten Garten angepflockt und wartete darauf, Fabio glücklich zu machen. Weshalb dann die Tränen? Ulla kam nicht mehr drauf. Doch halt! Moment mal! Leonardo hatte sie und die Kinder wegen des Jungbullen verlassen. Dieses herzlose Ungeheuer! *Sie* hatte schließlich die ganzen Unannehmlichkeiten gehabt, nicht dieser egoistische Windhund, der sie schon bei der kleinsten Störung seiner routinemäßigen Runden zwischen Toilette, PC und Fernseher einfach verlassen hatte. Ulla brach erneut in Tränen aus. Sie war alleine mit dem Kalb und den Kindern und das an Weihnachten. Wie sollte sie das ihren Schwiegereltern erklären?

»Alles in Ordnung, Cara?« Ulla zuckte zusammen. Leonardo lächelte sie an.

»Hast du schlecht geträumt?«

»Sag mir die Wahrheit, Leo, würdest du mich jemals wegen eines Rentierkalbes verlassen?«

»… ??«

»Antworte mir, ich muss es wissen.«

»Die Frage stellt sich doch wohl hoffentlich nicht wirklich, oder?«

»JA oder NEIN?!« Ullas Tonfall war schärfer als beabsichtigt, aber wer konnte es ihr schon verdenken? Hier ging es um ihre Ehe, die wegen des Herzenswunsches ihres Sohnes in die Brüche zu gehen drohte. Verdammt noch mal, hatte sie kein Recht darauf zu wissen, wie ihre Aktien standen? Sie würde Leo nicht so einfach davonkommen lassen. Sie wegen eines niedlichen, mutterlosen Rentierkalbes einfach sitzen zu lassen. Und das sollte Liebe sein? Dieser egoistische Schuft!

Leonardo verfügte leider nur über die durchschnittliche Menge an Intuition, die jedes männliche Wesen besitzt, also fast null. Doch das Wenige, das er besaß, ließ ihn nicht im Stich und suggerierte ihm Gefahr von einem unbekannten und schwer einzuschätzenden Gegner. Ausnahmsweise hörte Herr Rocco auf seinen Schutzengel, was wahrscheinlich nur der frühen Morgenstunde zu verdanken war. Ohne weitere Fragen zu stellen und damit seinen eventuellen Untergang einzuläuten, umarmte und küsste er Ulla. Dann sprach er die Worte, denen keine Frau auf dem Globus widerstehen kann:

»Ich könnte dich niemals verlassen. Auch nicht, wenn du eine ganze Elefantenherde adoptieren würdest. Du bist mir wichtiger als alles andere!«

Ulla sank zufrieden gegen ihren liebevollen, unglaublich verständnisvollen Mann. Da hatte er aber noch mal Glück gehabt. Sie natürlich ebenfalls, selbst wenn sie das niemals laut zugeben würde. Was hätte sie auch allein mit einem mutterlosen Rentierkalb anfangen sollen?

Im Handumdrehen machten sich alle fertig und genauso schnell waren sie aus dem Haus. Für die Kinder begann der letzte Schultag vor den Ferien und entsprechend gut gelaunt waren sie. In ihrem Büro angekommen fing Ulla sofort an, Nachforschungen anzustellen. Sie rief als Erstes das Geschäft an, in dem sie das Plüschtier letztes Jahr erstanden hatte. Nachdem sie ihre Misere geschildert und auch noch Rudolphs momentane Maße durchgegeben hatte, bat die Verkäuferin sie, kurz am Telefon zu warten. Ullas Traum von vergangener Nacht schien sich auf grausame Weise zu bewahrheiten. Nach fünf Minuten, die Ulla endlos erschienen, war die Verkäuferin wieder am Apparat und teilte ihr in pikiertem Tonfall folgendes mit: a) in ihrem Geschäft seien dieses Jahr schon alle Rudolphs ausverkauft und auch im Lager befände sich nichts mehr, b) Ulla müsse im nächsten Jahr vielleicht ein wenig früher planen und c) der Rudolph, den Ulla erstanden habe, sei sowieso der größte, den sie im Sortiment gehabt hätten. Ein größerer Rudolph sei ihr nicht bekannt. Mit der Größe des letztjährigen Rudolphs sei die Firma sowieso schon bis an die Obergrenze des von der Kundschaft noch als vertretbar betrachteten Preis-Leistungsverhältnisses gegangen. Das Stöhnen, das sich Ullas Kehle entrang, veranlasste die Verkäuferin zumindest, Ulla noch einen wertvollen Tipp zu geben: Sie könne ja auf Rudolphs Etikett nachschauen, da stünde der Name der Firma drauf und sie könne dann dort direkt nachfragen. Ulla musste der Verkäuferin inzwischen mit kleinlauter Stimme gestehen, dass sie aus Glaubwürdigkeitsgründen das Etikett entfernt und daher keinen blassen Schimmer habe, was draufgestanden hätte. Mittlerweile schien sich Ulla Mitleid erregend oder auch gemeingefährlich genug anzuhören, um die Verkäuferin zu dem Angebot zu veranlassen, sie könne ja schnell im Computer nachschauen und ihr wenigstens in dieser Sache helfen.

»Würden Sie das für mich tun? Sie sind ein Schatz!«, stieß Ulla jetzt völlig enthemmt hervor.

Nach zwei Minuten hatte sie endlich die benötigten Informationen und die Verkäuferin ihre Ruhe. Sofort schaute Ulla im Internet nach und betete verzweifelt, die Firma möge eine Homepage besitzen und zwar möglichst im deutschsprachigen Raum. Bei ihrem Glück war ein asiatischer Hauptsitz durchaus denkbar.

»Puhhh!« Sie hatte die Firma gefunden. In Deutschland. War das zu glauben? Nun hatte sie vielleicht doch noch Glück. Aus Zeitmangel war es natürlich am besten, dort gleich anzurufen. Ulla wählte die Nummer und schickte ein Stoßgebet zum Himmel, dass ihr Anliegen leicht zu bewerkstelligen war. Als sie endlich Anschluss bekam, wurde sie dreimal weitergereicht, ehe man sie endlich mit einem für die »Rudolphe« zuständigen Herrn Winkler verband. Während Ulla ihr Problem vortrug, wurde sie das unangenehme Gefühl nicht los, dass ihr Gesprächspartner am anderen Ende der Leitung nur mühsam ein Lachen unterdrücken konnte. Nun ja, da musste sie momentan drüberstehen. Es ging schließlich um *ihr* Leben und nicht um seines. Als Ulla ihren Monolog beendet hatte, herrschte einen Moment lang Stille, so dass sie schon befürchtete, Herr Winkler hätte aufgelegt. Oder überlegte er, ob seine Gesprächspartnerin ein Witzbold oder eine Wahnsinnige war? Herr Winkler schien sich für letzteres zu entscheiden, was Ulla an dem vorsichtigen, sanften Tonfall erkannte, in dem er zu ihr sprach. Diesen Tonfall benutzte sie selbst oft, um Francescas Tobsuchtsanfällen vorzubeugen.

»Liebe Frau, ähh …?«

»Rocco!«, half Ulla angespannt nach.

»Ja, also liebe Frau Rocco, in der Tat ist Ihr Anliegen etwas außergewöhnlich. Welche Größe, sagten Sie, hat Ihr Rudolph zu Hause?«

»Also, die Höhe liegt bei ungefähr 38 cm.« Ulla hielt die Augen geschlossen und presste die Lippen zusammen.

»Mmmhh. Tja, größer gibt's den aber nicht.«

»Oh, nein, bitte nicht, so riesig ist das doch gar nicht. Ihre Firma hat wirklich keinen größeren Rudolph?« Ulla war den Tränen nahe. Dies war der einzige Wunsch ihres Kindes und den konnte sie nicht erfüllen.

»Nein, leider nicht. Die Verkaufsproduktionen enden bei der Größe, weil die Kunden auch nicht mehr so viel Geld ausgeben wollen.«

»Haben Sie dann wenigstens eine Idee, wo ich einen ähnlichen Rudolph herbekommen könnte?«

Angespanntes Schweigen in der Leitung. Dann:

»Wie alt ist Ihr Sohn, sagten Sie?«

»Sechs, und wie ich schon erwähnte, er hat nur diesen einen großen Wunsch.« Ulla schluchzte nun fast ins Telefon.

»Ja also, Frau Rocco, es gibt ein Musterexemplar hier, es ist ungefähr 50 cm groß, ist aber nie in Produktion gegangen, weil die Nachfrage nach großen Plüschtieren schon lange stagniert.«

»Ja und?«, hauchte Ulla in den Hörer.

»Den könnte ich Ihnen verkaufen, aber der kostet gut das Doppelte von Ihrem jetzigen Rudolph.«

»Das ist mir egal, können Sie mir den bitte per Express zuschicken?« Nun schrie Ulla schon fast ins Telefon.

»Da kommen dann aber nochmals zusätzlich 15 Euro dazu«, gab Herr Winkler zu bedenken.

»Das macht nichts, Hauptsache es reicht noch bis zum Heiligen Abend«, kreischte Ulla nun völlig aus dem Häuschen.

»Nun gut, Frau Rocco, ich bin kein Unmensch schließlich ist Weihnachten. Außerdem habe ich selbst Kinder. Ich schicke Ihnen an Ihre E-Mail-Adresse die Rechnung, Sie bestätigen und Rudolph macht sich unverzüglich auf den Weg zu Ihnen, in Ordnung?«

Ulla bedankte sich bei Herrn Winkler mit einer oscarreifen Rede. Als sie auflegte bemerkte sie, dass sie am ganzen Körper vor Aufregung zitterte. Das war noch mal gutgegangen. Und sollte der Bengel nächstes Jahr immer noch an lebendige Rudolphe glauben, würde sie höchstpersönlich diesem Irrglauben ein Ende bereiten. Sonst müsste sie die Reise nach Finnland doch noch antreten. Sofort rief sie Leonardo in seiner Firma an, um ihm die frohe Botschaft mitzuteilen. Leonardo meldete sich gleich beim ersten Klingeln und hörte sich Ullas atemlosen Bericht an, ohne sie zu unterbrechen.

»Und, was sagst du dazu?«

»Was, hattest du gesagt, wird dieser Wahnsinn insgesamt kosten?«

»Leonardo Rocco, wie kannst du es wagen, in diesem Fall an Geld zu denken?«

»Entschuldige mal, weißt du, wie lange ich für diese Sonderanfertigung arbeiten muss? Und überhaupt, hast du eigentlich mal ausgerechnet, was uns deine Märchenstunde insgesamt kostet? Normalerweise dürften dann keine anderen Geschenke für Fabio mehr unterm Baum liegen, das wäre den Mädchen gegenüber unfair.« Leonardo sah das Ganze wie immer von der praktischen Seite.

»Die Seele meiner Kinder ist mehr wert als jeder Geldschein«, entgegnete Ulla verächtlich. »Wäre es dir lieber, dein Sohn sitzt bei der Bescherung mit gebrochenem Herzen unterm Baum, weil sein Rudolph nicht zu ihm zurückgekommen ist?«

»Natürlich nicht, das weißt du doch. Ich bin ja auch froh, dass es noch geklappt hat.«

»Also, Leo, dann bis heute Abend!«

»Ja, tschüss.«

Ulla legte auf und drehte in ihrem Bürostuhl ein paar Pirouetten. Jetzt konnte sie nur noch hoffen, dass es mit der Expresszustellung klappte. Endlich konnte sie sich an ihre eigentliche Arbeit machen, schließlich war sie an ihrem Arbeitsplatz. Der Morgen war im Handumdrehen vorüber. Nachdem Ulla ihr Büro aufgeräumt hatte, verabschiedete sie sich von ihren Kolleginnen. Es war für die meisten der letzte Arbeitstag vor dem Weihnachtsurlaub.

Ulla machte auf dem Heimweg in einem großen Warenhaus Halt, um wenigstens Kleinigkeiten für ihre Schwiegereltern und ihren Schwager zu besorgen. Danach steuerte sie noch ein, zwei Geschäfte in der Innenstadt an, um den Rest für die Mädchen zu holen. Die Geschenke für Leonardo hatte sie schon lange eingekauft. Erfreut bemerkte Ulla, dass sie in punkto Weihnachtsgeschenke nun alles erledigt hatte. Rudolph war unterwegs und würde hoffentlich pünktlich eintreffen. Plötzlich fiel Ulla siedendheiß ein, dass die Kinder heute ihren letzten Schultag hatten und aller Wahrscheinlichkeit nach früher heimkommen würden. Ein Blick auf die Uhr bestätigte ihr, dass sie sich beeilen musste. Während sie zum Parkplatz hastete, gingen ihr tausend Gedanken durch den Kopf. Morgen kamen ihre Schwiegereltern und ihr Schwager Giuseppe. Sie mussten noch Cristinas Bett in Francescas Zimmer stellen, da dort ihre Schwiegereltern schlafen würden. Die Mädchen bekamen Matratzen in Cristinas Zimmer, was sie ohne Murren zur Kenntnis genommen hatten. Das war fast wie Zelten und Ulla hatte den Eindruck, die beiden freuten sich darauf. Für ihren Schwager hatten sie den Hobbyraum wohnlich hergerichtet. Wenn Ulla sich recht erinnerte, ging Giuseppe sowieso immer sehr spät schlafen und stand auch entsprechend später auf. So hatte er seine Ruhe und störte umgekehrt auch niemanden. Zuerst hatten Leo und Ulla darüber nachgedacht, den Schwiegereltern ihr eigenes Schlafzimmer zu überlassen, aber da Fabio gewohnheitsmäßig doch noch ab und zu nachts vorbeischaute, wurde dieser Plan verworfen. Die Betten umzustellen war zwar für diese paar Tage ein großer Aufwand, aber sie wollten es ihrem Besuch bequem und komfortabel machen.

Ulla war endlich beim Parkplatz und schloss ihr Auto auf. Als sie den Zündschlüssel umdrehte, fiel ihr auf, dass der Motor ein komisches, knatterndes Geräusch von sich gab. Ihr Auto war auch nicht mehr das jüngste. Nächstes Jahr würde es 20 Jahre alt sein. Leo und sie hatten es vor gut zwei Jahren zu einem Schnäppchenpreis und mit neuem TÜV von einem Bekannten erworben und die ganze Zeit hatte »Hugo«, wie sie das Auto aufgrund seines altmodischen Äußeren nannten, keine Probleme gemacht. Öl hatte Hugo wahnsinnig viel verbraucht, besonders in den letzten Monaten, aber das war eben so, wenn man älter wurde. Ulla entschuldigte Hugos immensen Ölverbrauch Leonardo gegenüber gerne mit dem ebenfalls erhöhten Flüssigkeitsbedarf alter Menschen. Leonardo, dem Hugo eigentlich nie so ganz geheuer war, hatte mehr als einmal darauf gedrängt, ihn zu verkaufen.

»Ich möchte nicht mehr darüber reden, Leonardo, Hugo und ich kommen schon miteinander klar!«, bekam er dann jedes Mal zu hören. Vernunftgründen war Ulla nicht zugänglich. Außerdem sprach für Hugo, dass er feuerrot war, so dass sich Ulla schnell zum Kauf entschied. Ob das Auto TÜV hatte, funktionsfähig war oder irgendwelche Mängel aufwies, interessierte diese Frau nicht. Das Auto war rot, es sah schnuckelig aus und aufgrund seines armseligen Aussehens tat es ihr bestimmt auch noch leid. So gut kannte Leonardo seine Frau. Nur deshalb hatte sie sich des armen Wracks angenommen.

Ulla fuhr rückwärts aus dem Parkplatz heraus, als sie feststellte, dass eine Lampe aufleuchtete. Sie kniff die Augen zusammen und schaute angestrengt auf das Armaturenbrett. Die Öllampe? Schon wieder? Leo würde ausflippen. Am besten, sie stoppte auf dem Weg nach Hause bei ihrem Vater. Heinz hatte immer einen Reservekanister Öl im Haus. Sie würde ihn bitten, den Tank aufzufüllen und basta! Da! Jetzt stotterte der Motor aber wirklich sehr. Unüberhörbar laut war er auch. Ulla stoppte einen Augenblick, bevor sie in die Hauptstraße einbog, schaltete das Radio aus und kurbelte das Fenster herunter. Hugo tuckerte wie ein Traktor. Sie kurbelte die Scheibe wieder hoch, stellte das Radio auf volle Lautstärke, um das Tuckern besser ignorieren zu können. Als sie anfuhr, heulte der Motor gequält auf. Sobald Ulla in den zweiten Gang schaltete, erreichte der Motor eine Lautstärke, die einem Panzer zur Ehre gereicht hätte. Der Versuch, auf der Schnellstraße in den dritten Gang zu gelangen, erwies sich als nicht durchführbar, da der Motor bockte und hustete. Ulla fand schnell heraus, dass Hugo anscheinend nur noch den zweiten Gang zur Verfügung stellte. Die Strecke bis nach Hause wurde ein Fiasko. Hugo wurde schimpfend und hupend von allen Autos überholt. Einige Fahrer nahmen sich während des Überholmanövers noch die Zeit, Ulla einen Vogel zu zeigen. Weiter vorne sah sie schon die ersten Häuser ihrer Heimatgemeinde auftauchen. Erleichtert atmete sie auf. In diesem Moment rauschte ein Fahrradfahrer an ihr vorbei, den Ulla beschämt anlächelte. Offenbar war er für ihren Charme nicht empfänglich, denn er streckte seinen Mittelfinger in einer eindeutig obszönen Geste in die Höhe. Laut knatternd bog Ulla in die Straße zu ihrem Elternhaus ein. Ihr Vater fegte gerade den Bürgersteig und noch bevor er sie sehen konnte, hörte er sie. Ungläubig drehte er sich um und sprang zur Seite. Hugo erreichte mit letzter Kraft die rettende Einfahrt. Heinz starrte seine Tochter entsetzt an, als sie ausstieg.

»Was ist denn mit dem Auto passiert?«

»Ich habe keine Ahnung. Heute Morgen war alles noch in Ordnung, aber als ich heimfahren wollte, blinkte die Öllampe auf und seither hört er sich auch so komisch an.«

»Wann hast du das letzte Mal Öl nachgefüllt?«, fragte Heinz nun mit strengem Blick.

»Das ist bestimmt keine zwei Monate her. Er verbraucht viel. Kannst du bitte schnell Öl nachfüllen? Ich weiß nicht, ob wir noch genügend zu Hause haben.«

Heinz ging in die Garage und kam mit seinem Reservekanister heraus. Ulla hatte inzwischen die Motorhaube geöffnet und schraubte den Deckel des Öltanks ab. Fachmännisch holte sie den Ölstab heraus, wischte ihn an dem alten Tuch ab, das für solche Fälle im Kofferraum lag, und steckte ihn wieder in den Tank. Als sie den Stab erneut kontrollierte, hielt sie ihn ihrem Vater entgegen.

»Leer! Aber total.«

»Und die Lampe hat erst vorhin aufgeleuchtet?«, fragte Heinz.

»Ja, wieso?«

»Weil die Lampe normalerweise schon aufleuchtet, wenn noch genug Öl im Tank ist, nicht erst, wenn er leer ist.«

Kopfschüttelnd begann Heinz, Öl in den Tank zu gießen. Nachdem schon eine ansehnliche Menge eingefüllt war, stellte er den Kanister ab.

»So, das müsste reichen.« Eine erneute Kontrolle mit dem Ölstab ergab dasselbe Ergebnis wie zuvor. Der Tank schien immer noch leer zu sein.

»Da stimmt etwas nicht, Ulla. Steig mal ein und lass den Motor an.«

Ulla klemmte sich hinter das Lenkrad und drehte den Zündschlüssel um. Hugo sprang mit einem lauten Knall sofort an. Heinz machte erschrocken einen Satz rückwärts. Dann schrie er Ulla etwas zu. Sie kurbelte die Windschutzscheibe herunter und brüllte: »Was hast du gesagt?«

»Fahr mal ein Stück rückwärts und dann wieder vor!«, brüllte Heinz.

Ulla legte den Rückwärtsgang ein und knatterte langsam nach hinten. Sie ließ Hugo ungefähr einen Meter zurückfahren, bis sie sah, wie Heinz die Hände über dem Kopf zusammenschlug und einen verzweifelten Gesichtsausdruck bekam. Hätte Ulla ihren Vater nicht besser gekannt, hätte sie geschworen, er würde gleich in Tränen ausbrechen.

»Was ist denn los?«, schrie sie zu ihm hinaus.

Heinz starrte wie hypnotisiert auf den Boden.

»Was ist denn, Papa?«

Heinz schreckte auf und sah seine Tochter mit verzerrtem, totenbleichem Gesicht an. Ulla bekam einen gehörigen Schrecken. Ihrem Vater fehlte nur noch Schaum vor dem Mund, dann könnte man ihn mit einer Zwangsjacke abführen, dachte sie bei sich. Heinz gab ihr durch ein Zeichen zu verstehen, sie solle den Motor abstellen und aussteigen. Ulla tat, wie geheißen. Heinz stand immer noch an der gleichen Stelle und bewegte sich nicht. Als Ulla sah, worauf Heinz' Blick gerichtet war, konnte sie allerdings den Schockzustand ihres Vaters nachvollziehen. Die Einfahrt, auf die sie nun beide starrten, existierte seit über 40 Jahren. Ebenso lange, wie das Haus, das Heinz und Elisabeth damals gebaut hatten. Vor rund vier Wochen hatte Heinz den gesamten Belag der Einfahrt frisch verlegen lassen. Er hatte zusammen mit seiner Frau neue Steine ausgesucht, die nicht nur außergewöhnlich schön, sondern auch außergewöhnlich teuer waren.

»Die müssen nun bis zum Schluss halten«, waren seine Worte gewesen.

Auf dieser wunderschönen neuen Einfahrt, die von Heinz seit ihrer Fertigstellung jeden Tag sorgfältig gefegt wurde, prangte nun ein riesiger, rund zwei Quadratmeter großer Ölfleck. Hugo stand unschuldig davor und Ulla konnte sich das Ganze sowieso nicht erklären.

»Den Öltank hat es wahrscheinlich zerrissen«, klagte Heinz. »Der muss komplett durchgerostet sein. Und meine schöne Einfahrt! Mich trifft der Schlag!«

Gramgebeugt jammerte er weiter, während Ulla ihn unterbrach: »Was machen wir jetzt?«

»Wenn ich das wüsste. Öl geht nie wieder raus und ob ich die gleichen Steine noch mal bekomme, ist die andere Frage. Und was das alles wieder kostet!«

»Ich rede vom Auto, Papa, nicht von deiner Einfahrt. Was machen wir jetzt mit dem Auto?«

Diese Frage riss Heinz aus seiner Lethargie.

»Wir gehen rein und ich rufe meinen Freund Karl an, du weißt schon, den Autohändler. Der soll die Kiste am besten gleich verschrotten.«

»Wieso verschrotten?« Nun war Ulla den Tränen nahe.

»Ja hast du überhaupt eine Ahnung, was eine Reparatur unter diesen Umständen kostet?«, wetterte Heinz. »Das übersteigt den Wert dieser Mistkarre da um ein Vielfaches.«

Damit ging Heinz entschlossen ins Haus. Ulla folgte ihm mit hängenden Schultern. Elisabeth stand am Herd und hatte von dem Ganzen noch nichts mitbekommen. Als Ulla mit ihrem Bericht fertig war, beendete Heinz eben das Telefongespräch.

»Was hat dein Kumpel gesagt?«, fragte Ulla zaghaft.

»Das Auto wird nachher abgeholt und verschrottet.«

»Hugo wird nicht verschrottet, ist das klar? Dann habe ich ja gar kein Auto mehr«, heulte Ulla auf.

»Dein Mann hat ein Dienstauto und im neuen Jahr kannst du dir ja wieder ein kleines Auto kaufen. Es gibt wirklich Schlimmeres«, tröstete Elisabeth Ulla und legte den Arm um sie.

Diese war todunglücklich. Das konnte auch nur ihr passieren, zwei Tage vor Heiligabend. Vielen Dank! Und dir auch schöne Weihnachten, wütete Ulla innerlich und schaute böse nach oben, wo sie den Ursprung ihrer sagenhaften Glückssträhne vermutete.

»Kann ich kurz Leo anrufen und ihm Bescheid sagen?«, fragte sie ihren Vater, der sich zum Aufbruch bereitmachte.

»Klar, ich warte draußen.«

Als Ulla ihrem Mann den Vorfall schilderte, wurde sie das Gefühl nicht los, dass er insgeheim erleichtert und überhaupt nicht niedergeschlagen war. Warum auch, seine Mission war jetzt schließlich von ganz oben erledigt worden. Ulla schluchzte haltlos ins Telefon. Leonardo versuchte, sie aufzumuntern.

»Schau, Ulla, wir kaufen dir wieder ein kleines Auto und diesmal wird es vielleicht eins, das die Bezeichnung Auto auch verdient.«

»Wie kannst du so über Hugo reden?«, schrie Ulla auf. »Er hat mich überall hingebracht, immer ist er angesprungen.«

»Das ist sein Job, Ulla, genau das ist sein Job und nichts Anderes«, warf Leonardo ungeduldig ein.

»Aber ich bin heilfroh, dass dein Hugo wenigstens so viel Anstand hatte, auf der Einfahrt deines Vaters den Löffel abzugeben und nicht auf unserer. Dafür werde ich ihm ein ehrendes Andenken bewahren, das kannst du mir glauben.«

Ulla beendete das Gespräch.

»Also, wir sehen uns dann später. Ich gehe jetzt nach Hause. Und morgen kommen auch noch deine Eltern, ich fasse es nicht.«

Wie konnte Ulla nur das Pech mit ihrem Auto mit der Ankunft seiner Eltern gleichsetzen. Leonardo sah aufgrund ihres Schmerzes großherzig über diese unglückliche Wortwahl hinweg, schickte ihr noch ein paar aufmunternde Worte durch die Leitung und legte auf. Ulla holte ihre restlichen Sachen aus dem Auto und ließ sich von Heinz nach Hause fahren. Bevor sie ausstieg, sagte er: »Wenn du noch etwas einkaufen musst, bevor Leo nach Hause kommt, kannst du gern unser Auto haben. Du meldest dich dann, einverstanden?«

»Lass mal Papa, ist schon gut. Wir haben genug, um ein halbes Jahr eingeschneit zu überleben, glaub mir. Leonardo hat vorgesorgt.«

Die Kinder saßen bereits in der Küche und spielten Uno. Als Ulla eintrat, blickten sie flüchtig auf und machten dann weiter.

»Und, wie geht's?«, fragte Cristina, ohne sie anzusehen

Ulla schilderte kurz die letzten Momente von Hugos Dasein. Fabio strahlte.

»Cool, jetzt kriegen wir ein neues Auto!«

Francesca streute zusätzlich Salz in die Wunde:

»Ja, und wenn wir Glück haben, dann vielleicht eines, mit dem man sich nicht zu Tode blamiert.«

Ulla machte sich einen Espresso. Den brauchte sie jetzt dringend. Cristina und Francesca wollten in die Stadt gehen, um mit ihren Freundinnen noch durch die weihnachtlichen Straßen zu bummeln. Da jetzt Ferien waren, hatten sie nichts mehr für die Schule zu erledigen. Fabio war bei seinem Freund zum Spielen eingeladen. Nachdem die Kinder gegangen waren, saß Ulla noch eine Weile da und überlegte, wo sie am besten mit den Vorbereitungen für den Besuch anfangen könnte. Wenig später traf auch Leonardo ein, der Ulla erst einmal in die Arme nahm und ihr sein Beileid aussprach. Dass dies nicht ganz ernst gemeint war, sah Ulla am Zucken seiner Mundwinkel. Sie knuffte ihn in die Schulter.

»Ist schon okay, ich bin schließlich erwachsen.«

»Seit wann?«, fragte Leonardo mit einem Grinsen.

»Was kochen wir? Bist du mit Spaghetti und Tomatensoße einverstanden? Das geht wenigstens schnell.« Leonardo holte sofort Zwiebeln und Knoblauch aus der Speisekammer und begann mit den Vorbereitungen. Auch gut!

Bis das Essen fertig war, konnte Ulla sich dem Berg Wäsche widmen, der noch gebügelt werden musste. Als sie alles in die Schränke geräumt hatte, klingelte es an der Haustür. Cristina und Francesca kamen heim. Leonardo deckte gerade den Tisch und Ulla machte sich auf den Weg, um Fabio bei seinem Freund abzuholen. Fabios Freund wohnte zwar ganz in der Nähe, aber um diese Jahreszeit wurde es schon so früh dunkel, dass Ulla Fabio den Weg nicht alleine gehen lassen mochte. Fabio ging nur widerstrebend mit nach Hause, weil er und sein Freund gerade mitten in einem Überfall auf die Ritterburg waren. Als Fabio zu Hause das Essen erblickte, begehrte er heftig auf.

»Ich habe so einen Hunger und Papa weiß genau, dass ich das nicht mag. Das ist gemein!«

Leonardo, der normalerweise keine Ausnahmen duldete, sagte nur: »Dann isst du eben bloß Nudeln.« Fabio schaute seinen Vater ungläubig an.

»Mama hat heute genug Ärger gehabt, da wollen wir sie beim Essen nicht auch noch ärgern«, erklärte der.

Nach dem Abendessen ging Leonardo noch einmal weg, um Getränke zu kaufen. Cristina telefonierte eine Ewigkeit mit einer ihrer Freundinnen und Francesca probierte in ihrem Zimmer neue Frisuren aus. Ulla ging unter die Dusche und setzte danach Fabio in die Badewanne. Als Leonardo vom Einkaufen zurückkam, war Ulla gerade dabei, Fabio eine Geschichte vorzulesen. Wenig später kam Ulla nach unten und schaute in die Speisekammer. Sie hatte es gewusst: Dass Leonardo noch mehr Nudeln einkaufen würde! Italienische natürlich. Schon weil er so lange weggeblieben war, hatte sie es sich gedacht. Mittlerweile saßen Cristina und Francesca, die in den Ferien länger aufbleiben durften, im Gästezimmer und schauten auf dem geliehenen Fernseher irgendeinen Teenagerfilm an. Als Ulla zu Leonardo ins Wohnzimmer kam, sagte sie: »Trotz Ferien können wir heute anschauen, was wir möchten und müssen nicht aufpassen, was für Kinder geeignet ist. Also das mit dem Fernseher war echt eine tolle Idee.«

»Ja, für heute ist es eine tolle Lösung. Und morgen sind ja meine Eltern da.« Leo freute sich riesig.

»Fabio darf ab morgen auch länger aufbleiben, da müssen wir abends sowieso die Kinderfilme anschauen. Aber heute war er doch ziemlich müde. Er hat sich nicht einmal gewehrt, als ich gesagt habe, er müsse ins Bett.«

Nachdem sich Ulla und Leonardo ein Nachrichtenmagazin angeschaut hatten, gingen sie schlafen, nicht ohne die Mädchen vorher noch zu ermahnen, auch wirklich nach diesem Film Schluss zu machen.

Das Erste, was Ulla am nächsten Morgen in den Sinn kam war, dass die Möbel ja noch umgestellt werden mussten. Das hatte sie in der Aufregung mit Hugo gestern komplett vergessen. Und auch sonst hatte niemand mehr daran gedacht. Sie weckte Leonardo auf, der heute ausnahmsweise frei genommen hatte, um am Spätnachmittag seine Eltern und seinen Bruder vom Zug abholen zu können. Der Morgen verging wie im Flug mit Umräumen, Umstellen und Vorbereitungen für den Besuch. Cristinas Bett passte nicht durch ihre Tür und musste abgebaut und in Francescas Zimmer wiederaufgebaut werden, was viel Zeit in Anspruch nahm. Dann bestand Leonardo darauf, dass Francesca sämtliche Poster in ihrem Zimmer, die er allesamt als anstößig empfand, aus Rücksicht auf seine Eltern abnahm. Francesca weigerte sich und wollte wissen, was bitteschön an »Sixpacks«, wie die Bauchmuskeln von der heutigen Jugend bezeichnet wurden, und geilen Muckis auszusetzen wäre. Leonardo duldete keinen Widerspruch und bestand auf der Ausführung seines Befehls. Francescas patzige Entgegnung, Leonardos Mutter würde dann wenigstens einmal in ihrem Leben einen perfekten männlichen Oberkörper sehen, brachte ihr eine schallende Ohrfeige ein.

Als der ganze Trubel sich gelegt hatte, rief Ulla ihre Lieben zu einem zweiten Frühstück zusammen, welches angesichts der angespannten Lage überwiegend schweigend verzehrt wurde. Nach dem Essen begann Ulla mit den Vorbereitungen für das Abendessen, während der Rest der Familie mit vereinter Kraft die Kellerräume für Giuseppe wohnlich herrichtete. Endlich war alles fertig. Inzwischen waren es noch etwa zwei Stunden bis zur Ankunft der Gäste. Leonardo lief auf und ab wie ein Löwe im Käfig. Dazwischen schaute er immer wieder auf die Uhr. Ulla ging er langsam auf die Nerven.

»Meine Güte, dann geh doch schon mal, vielleicht kommt der Zug ja früher an.«

»Ja, du hast Recht!« Erleichtert verabschiedete sich Leo und machte sich auf den Weg zum Bahnhof.

Ulla konnte nur den Kopf schütteln. Warum war dieser Mann nicht in der Lage zu sagen: »Liebe Ulla, ich gehe vorsichtshalber etwas früher los.« Als wenn sie ihm dafür den Kopf abgerissen hätte. So blieb ihr noch eine gute Weile ihre Ruhe, um alles schön vorzubereiten. Sie hatte einen typisch schwäbischen Linseneintopf mit Speck, geräuchten Würstchen, Kartoffeln sowie Möhren gekocht, der fast fertig war. Die Linsen waren nicht zufällig gewählt. Dies war so ziemlich das einzige Gericht, das von der ganzen Familie Rocco gerne gegessen wurde. Nichts brachte Leonardo mehr in Rage, als wenn ein Mitglied seiner Familie etwas am Essen auszusetzen hatte. Das zog unweigerlich eine seiner gefürchteten Predigten über das Leben im Überfluss und die damit verbundene Undankbarkeit nach sich. Also kamen Linsen mindestens einmal wöchentlich auf den Tisch. In schweren Zeiten auch zweimal. Je nach Bedarf. Nein, Ulla brauchte keinen Familientherapeuten, um die Gemüter zu beruhigen. Sie kochte Linsen und die Welt war in Ordnung. Der zweite Grund für die Wahl dieses Essens war, dass es für die Gaumen ihrer Schwiegerleute Neuland war. Leonardo konnte sich auf Ullas Nachfrage jedenfalls nicht daran erinnern, so etwas bei seiner Mutter jemals gegessen zu haben.

Ulla rief die Kinder und bat sie, ihr beim Tischdecken zu helfen. Der Tisch musste noch ausgezogen und aus dem Keller zusätzliche Stühle geholt werden. Fabio saß auf der Eckbank und betrachtete besorgt das Treiben.

»Was gibt es eigentlich zu essen?«, fragte er.

»Linsen.«

»Du bist die beste Mama auf der ganzen Welt!«, rief Fabio erleichtert aus. »Ich habe so einen Riesenhunger.«

»Wir müssen warten, bis ›Corleones‹ hier sind«, sagte Francesca frech. Wahrscheinlich die Rache dafür, dass sie sich zum Tischdecken herablassen musste.

»Wieso Corleones?«, fragte Cristina verständnislos.

»Noch nie was von der Mafia gehört?«, gab Francesca zurück.

»Mama, heißt Nonna ›Corleone‹?« Fabio hatte dem Gespräch interessiert zugehört.

»Fabio, Nonna heißt ›Rocco‹, genau wie wir. Francesca hat nur Spaß gemacht.« Ulla feuerte einen wütenden Blick in Richtung Francesca ab.

»Lass den Blödsinn, okay? Oder willst du, dass Fabio nachher beim Essen davon anfängt? Das gibt wieder Ärger.«

»Die verstehen doch sowieso nicht, was wir reden«, behauptete Francesca mit einem Grinsen.

»Ja, aber an Papas Gesicht sehen sie dann schon, ob jemand Blödsinn redet oder nicht«, sagte Ulla so ruhig sie konnte.

»Francesca ist blöd, wenn sie nicht weiß, wie Nonna heißt«, insistierte Fabio.

»Ruhig jetzt, alle drei!« Ulla hatte ein Auto gehört.

»Ich glaube, sie kommen.« Alle rannten durch die Diele zur Haustür - und da waren sie! Vorneweg ein freudestrahlender Leonardo, der seiner Mutter soeben aus dem Auto half.

»Schau mal, Papa kann ja lachen!«, bemerkte Francesca. Ulla knuffte sie in den Arm und zischte: »Kannst du dir deinen Amoklauf vielleicht für später aufheben?« Allerdings hatte Francesca nicht ganz Unrecht, wie Ulla sich eingestehen musste. Wann hatte sie ihren Mann das letzte Mal so strahlend lächeln sehen? Sie wusste, es war noch nicht lange her. Ja richtig! Als sie das neue Basilikumtöpfchen nach Hause gebracht hatte. Ulla maß Leo mit einem eisigen Blick. Das mit dem Basilikumtöpfchen würde ihm noch leidtun. Leo, der natürlich wieder mal gar nichts bemerkte, trat auf Ulla zu, tätschelte ihr glücklich den Arm und raunte ihr zu: »Hat was mit dem Essen nicht geklappt? Du schaust so komisch?«

Typisch Leo. Konnte einmal irgendeine Katastrophe ihren Ursprung *nicht* im Essen haben? Kam Leo denn nie auf die Idee, eine schlechte Stimmung könnte mit ihm zu tun haben? Dieser Mann besaß ein überdimensionales Selbstvertrauen, woran natürlich Ullas Schwiegermutter schuld war. Ulla wusste aus zahlreichen Büchern, dass die ersten Jahre im Leben eines Kindes entscheidend von der engsten Bezugsperson, in diesem Fall Mama Maria, geprägt wurden. Alle Personen, die später in das Leben dieses Kindes traten, hatten mit diesen anerzogenen Charaktereigenschaften entweder klarzukommen oder sich ihr Leben lang darüber zu ärgern. Ulla musterte ihre Schwiegermutter. Hatten es auch gleich fünf Kinder sein müssen? Mama Maria hätte sich besser um das Einzelkind Leonardo kümmern und seiner späteren Frau viel Mühe und Ärger ersparen können. Ulla verdrängte die unangenehmen Gedanken und ging zum Auto, um ihre Schwiegereltern und ihren Schwager zu begrüßen.

»Maria, come stai?«, rief sie ihrer Schwiegermutter zu. Kaum war sie bei Maria angekommen, drückte diese Ulla fest an sich, während sie einen Schwall italienischer Wörter hervorstieß. Dann trat sie einen Schritt zurück und betrachtete ihre Schwiegertochter. Sie nickte zufrieden, riss Ulla in einer erneuten Gefühlsaufwallung an sich und ließ sie dann unvermittelt los, als sie ihre verlegen dastehenden Enkelkinder entdeckte. Maria stieß einen Freudenschrei aus:

»Gioiiiaaaa!!!«

Sie stürzte auf die Kinder zu. Cristina und Francesca traten entsetzt einen Schritt zurück, während Fabio sich in die Arme seiner Nonna warf. Maria schluchzte heiser auf und erdrückte den kleinen Kerl beinahe. Fabio, dem inzwischen dämmerte, warum seine Schwestern zurückgewichen waren, versuchte mit Leibeskräften, sich aus Marias Umklammerung zu lösen. Doch seine Bemühungen waren vergebens. Maria übersäte Fabio mit einer Flut von Küssen und drückte ihn nur noch fester, je mehr er sich zu befreien versuchte. Cristina und Francesca wollten gerade die Flucht ergreifen, als Maria Fabio unvermittelt losließ. Dieser rannte sofort weg, während Maria sich nun seinen Schwestern zuwandte. Tränenüberströmt packte sie die beiden und während sie jedes der Mädchen abwechselnd an sich zog und dann wieder auf Armeslänge von sich streckte, um sie besser betrachten zu können, stammelte sie unverständliche italienische Laute.

Inzwischen hatte Ulla schon ihren Schwiegervater umarmt und ihn willkommen geheißen. Carmelo war nicht minder bewegt als seine Frau, hatte sich aber weit mehr unter Kontrolle. Nun umarmte Ulla ihren Schwager Giuseppe und kniff ihm in die Wangen. Giuseppe und Carmelo strahlten über das ganze Gesicht. Cristina und Francesca war es inzwischen gelungen, Maria zu entkommen, die nun ein Taschentuch aus den Tiefen ihrer Handtasche zutage förderte und sich ausgiebig die Nase putzte. Die Mädchen begrüßten gerade ihren Großvater und ihren Onkel, während Maria angesichts dieser Szene erneut in Tränen ausbrach. Fabio stand hinter der Tür und betrachtete das Schauspiel aus sicherer Entfernung.

Nach der überschwänglichen Begrüßung gingen alle ins Haus. Carmelo beugte sich zu Fabio hinunter, der immer noch unbeweglich am Türrahmen stand, und strich ihm über die Haare. Fabio lächelte ihn zufrieden an und wurde dann im nächsten Moment von Giuseppe hochgehoben und einmal im Kreis gedreht. Das versöhnte Fabio endgültig mit der unwürdigen Behandlung, die ihm durch seine Großmutter zuteilgeworden war. Während Leonardo seine Verwandten das Gepäck ablegen ließ und ihnen dann stolz »la mia casa« zeigte, machte sich Ulla unter Mithilfe ihrer Kinder an die letzten Handgriffe für das Abendessen.

Als Leonardo mit Maria, Carmelo und Giuseppe von der Besichtigung zurückkam, konnten die Gäste ihre Begeisterung über das Haus kaum bremsen. Ulla verstand das Meiste, aber für die Kinder musste Leonardo übersetzen. Endlich waren die üblichen Artigkeiten ausgetauscht und alle setzten sich zu Tisch. Ulla blickte stolz in die Runde. Fast so viele Esser wie seinerzeit in Italien. Sie fühlte sich ein bisschen wie eine Königin. Dieses erhebende Gefühl wurde jedoch im nächsten Moment zunichtegemacht, als sie sah, wie Leonardo liebevoll der Mama zu seiner Linken über die Hand strich, als ob sie das Kunstwerk vollbracht hätte, für die ganze Meute zu kochen. Hinzu kam, dass »la mama« ausgerechnet Ullas angestammten Platz einnahm.

Heiß stieg die Eifersucht in Ulla hoch, dabei schimpfte sie sich selbst eine Närrin. Bei Leonardo würde schließlich immer seine Frau an erster Stelle stehen. Mein Gott, war sie albern. Als sich jeder seinen Teller gefüllt hatte, äußerte die Mama den Wunsch nach einem Tischgebet, was von allen Familienmitgliedern begeistert aufgenommen wurde. Sie fassten sich an den Händen und Ulla wurde feierlich ums Herz. Sie hatte den Kopf gesenkt und sah aus den Augenwinkeln, dass Cristina und Francesca sich in ihrer vor Jahren selbst entwickelten Geheimsprache über die Zeremonie lustig machten. Ein kurzer Kontrollblick auf Fabio zeigte ihr, dass er sein Köpfchen ernsthaft gesenkt hielt. Wahrscheinlich war er eingeschüchtert.

Mama Maria begann auf Italienisch zu beten.

»Kannst du Nonna mal sagen, sie soll das auf Deutsch sagen, ich verstehe überhaupt nichts«, flüsterte Fabio seinem Vater zu.

Bevor Leo seinen Jüngsten zur Ruhe mahnen konnte, warf Nonna Maria beleidigt angesichts der Missachtung, die ihr hier zuteilwurde, ihre Brille auf den Tisch und begann zu essen. Der Rest der

Sippe, einschließlich Ulla, folgte wortlos ihrem Beispiel. Ulla konnte sich ein Grinsen nicht verkneifen, was ihr einen strafenden Blick von Leonardo eintrug. Sie zwinkerte ihrem Schwager Giuseppe zu, der ebenfalls verstohlen grinste. Giuseppe war seit jeher ihr Lieblingsschwager gewesen. Er war mit über dreißig Jahren noch immer Junggeselle und wohnte bei Mama und Papa im Haus. Obwohl er für jede Schwierigkeit, die im Leben der Roccos auftauchte, sowohl von seinen Eltern als auch von seinen Geschwistern verantwortlich gemacht wurde, hatte er sich einen gesunden Humor bewahrt.

Traditionsgemäß lebt die italienische Großfamilie zeitlebens möglichst nahe zusammen. Heiratet ein Sprössling, so bleibt er im Regelfall in der Nähe der Ursprungsfamilie. Das bedeutet, dass eine Zweitwohnung nicht weiter als ein paar hundert Meter vom Elternhaus bezogen wird. Im Falle der Roccos unterschritt der Radius der diversen Niederlassungen die drei Kilometer-Grenze. Leonardo hatte sich mit der Heirat einer Deutschen ganz eindeutig weit über diese Distanz hinausgewagt. Da er aber die Familie immer in jeder Beziehung unterstützte, wurde großzügig darüber hinweggesehen. Mit Giuseppe allein im Hause hatten die Schwiegereltern leichtes Spiel. Giuseppe als Nesthäkchen und Single fuhr seine Eltern überall hin, besorgte sämtliche Einkäufe und andere Erledigungen. Selbstverständlich wurde er auch für alle Missstände, die im Elternhaus auftraten, verantwortlich gemacht. Auf der anderen Seite wusste Giuseppe auch zu schätzen, dass er im Hotel Mama billig lebte und bekocht wurde. Auch seine Wäsche wurde von Mama komplett erledigt, so dass sich eigentlich beide Seiten gut arrangiert hatten.

Giuseppe legte nun seinen Löffel hin und sagte zu Ulla: »Complimente, molto buono!« Ulla fasste über den Tisch zu ihm hinüber und strich über seine Hand.

»Grazie Giuseppe.«

In diesem Moment murmelte die Schwiegermutter etwas und schaute in die Runde. Der Schwiegervater nickte zustimmend. Leonardo lächelte und streichelte die Hand seiner Mutter. Dann sagte er: »Ma si, Mamma!«

Ulla, die ihre Schwiegermutter nicht verstanden hatte, bat Leonardo um Übersetzung.

»Ulla Schatz, Mama hat dir ein Riesenkompliment gemacht. Sie hat gesagt, die Linsen seien fast so gut, als ob sie sie selbst gekocht hätte.«

Ulla blieb der Mund offenstehen.

»Was soll das heißen, hast du mir nicht erzählt, sie hätte noch nie im Leben Linsen gekocht?«

Leonardo zuckte mit den Achseln.

»Dann habe ich mich eben getäuscht, Schatz.«

»Wie kann sie sagen, die Linsen seien *fast* so gut wie ihre? Was stimmt denn bitteschön mit diesen Linsen nicht?«

»Ulla, ich weiß es nicht. Reg dich doch nicht auf. Mama wird es schon beurteilen können. Sie kocht schließlich ein paar Jahre länger als du. Es schmeckt wirklich gut.« Leonardo streifte seine Mutter wieder mit einem liebevollen Blick.

Ulla wollte es genau wissen und wandte sich direkt an ihre Schwiegermutter.

»Maria, wie kochst du denn normalerweise schwäbische Linsen?« Dann, mit einer auffordernden Kopfbewegung zu ihrem Mann: »Los, übersetz das!«

»Kannst du jetzt bitte aufhören, dich wie ein Kind zu benehmen, Ulla? Wenn Mama sagt, es ist fast so gut wie bei ihr, dann ist das, als ob sie dir einen Stern verliehen hätte. Capisce?«

»Ich will aber keinen Stern von deiner Mutter, ich will wissen, seit wann sie ein deutsches Gericht kochen kann und was genau an diesem Gericht, gemacht von deiner deutschen Frau, nicht stimmt, verstanden?« Ullas Stimme wurde nun ein wenig schrill.

Das schien auch Maria zu bemerken, die nun aufhörte, zu essen und Leonardo fragend ansah. Leonardo tätschelte wieder ihre Hand und sagte nur: »Niente, Mama, niente!«

»Hat deine Mutter seit neuestem einen Herzschrittmacher und muss jede Aufregung vermeiden oder warum übersetzt du nicht, was ich sie gefragt habe?«

»Ulla, du hörst jetzt bitte auf, sonst vergeht uns allen noch der Appetit.«

Ulla wandte sich erneut direkt an ihre Schwiegermutter und brachte in ihrem kärglichen Italienisch den Satz zustande: »Wenn du magst, kannst du gerne nächste Woche Linsen kochen, Maria.«

Leonardo zog hörbar die Luft ein, aber Maria nickte erfreut und gab dann unaufgefordert bekannt, dass sie Linsen ohne Speck und Würstchen sowie ohne »Brodo«, also Fleischbrühe, kochen würde. Und ihre Linsen schmeckten besonders gut, da es sich um ein altes Rezept handele, das sie von ihrer Mutter bekommen hatte.

Nachdem Leonardo dies dem deutschen Anteil am Tisch so schonend wie möglich beigebracht hatte, stöhnte Cristina unkontrolliert auf.

»Ohne Würstchen, ohne Gewürze? Das kann doch nicht gut schmecken. Wenn Nonna kocht, esse ich woanders.«

Leonardo lächelte sie an.

»Ich warne dich, meine Süße, noch einen Satz in diese Richtung und du kannst was erleben.« Er lächelte unverändert herzlich und seine Eltern nickten beifällig mit dem Kopf, da sie ein Kompliment von Cristina vermuteten.

Prompt schaltete sich Fabio ein:

»Wenn Nonna kocht, esse ich nichts.«

»Du bist sofort ruhig und isst weiter, sonst gehst du direkt ins Bett«, schnaubte Leonardo empört.

Nonna fragte nach, warum Leonardo ihren Enkel so anfuhr. Leonardo erfand schnell eine Belanglosigkeit und streifte den abtrünnigen Stammhalter mit einem warnenden Blick.

Fabio versuchte sein Glück bei seiner Mutter.

»Mama, du sollst kochen. Sonst esse ich nichts.«

»Fabio, Nonna kann sich nicht so gut umstellen wie wir, sie ist schon alt und will bestimmt nicht immer nur fremde Sachen essen. Das verträgt ihr Magen nicht mehr so gut«, beruhigte Ulla ihren Jüngsten.

Cristina und Francesca grinsten anzüglich, enthielten sich aber, nach einem Blick auf ihren Vater, jeglichen Kommentars.

Als alle gegessen hatten, halfen die Mädchen ihrer Mutter den Tisch abzuräumen. Dann kam die Obstschale auf den Tisch. Leonardo hatte Unmengen Äpfel und Orangen gekauft. In Italien war es üblich, dass man nach jeder Mahlzeit Obst aß und die Roccos taten dies ebenfalls immer. Jetzt im Dezember vor allem natürlich Äpfel und Orangen. Fabio, der in der Schule gelernt hatte, dass in der Schale die meisten Vitamine stecken, wunderte sich sehr, als er sah, wie seine italienischen Verwandten die Äpfel ausnahmslos schälten, bevor sie sie verspeisten. Seine diesbezüglichen Einwände wurden von seinem Vater im Keim erstickt, der keine Lust mehr auf Übersetzungen und Erklärungen hatte. Ulla sah fasziniert, wie sich die Schalen vor den Gästen auftürmten. So aßen und schwatzten sie noch eine gute Stunde. Die Kinder waren in der Zwischenzeit aufgestanden und nach nebenan gegangen, um »Monopoly« zu spielen. Ulla konnte sie vergnügt lachen hören. Sie gesellte sich zu ihnen und schaute ein wenig zu. Eigentlich verstand sie genügend Italienisch, um sich die Gespräche auch zusammenreimen zu können, aber bei Nachfragen ihrerseits zeigte sich Leo genervt und sie war außerdem müde und wollte keine Konversation mehr machen. Sie ließ sich in einen Sessel fallen und betrachtete liebevoll den Christbaum, den sie gestern Nachmittag gekauft und heute Morgen zusammen mit den Kindern aufgestellt hatte. Das war immer so schön. Sie bauten den Baum auf, und wenn er stand, stellte sie sich in die Mitte des Raumes und dirigierte die Kinder mit dem Christbaumschmuck zu den Stellen, die noch etwas kahl wirkten. Es war für die Kinder jedes Jahr die größte Freude, die bunten Kugeln, Engel und Lichter anzubringen. Als Untermalung legten sie eine CD mit Weihnachtsliedern auf und sangen lauthals mit.

Wenn der Baum fertig geschmückt war, warteten sie gespannt auf Leonardos Rückkehr von der Arbeit und seine Reaktion. Er spielte dann immer ein bisschen den Beleidigten, schließlich hätte er den Baum gerne aufgestellt, das sei seine Aufgabe, aber insgeheim war er erleichtert, dass die Arbeit schon getan war. Und das wussten seine Lieben und sie freuten sich doch über seine gespielte Überraschung. Ulla blinzelte in die Lichter des Christbaumes und wie immer, wenn sie einen beleuchteten Christbaum sah, ob das nun in der Stadt, im Fernsehen oder hier zu Hause im Wohnzimmer war, machte sich eine friedvolle Stimmung in ihr breit.

Morgen war Heiligabend. Leonardo und sie hatten schon mit den Mädchen besprochen, dass dieses Jahr die Bescherung am Weihnachtsmorgen stattfinden würde. Der »gewachsene« Rudolph, der mit der vielfach gepriesenen Pünktlichkeit der Deutschen Post tatsächlich rechtzeitig per Expresspaket im Hause Rocco eingetroffen war, sollte am Weihnachtsmorgen neben dem Christbaum stehen. Fabio glaubte ja fest, dass Rudolph zum Weihnachtsmann zurückkehren würde, um ihm in der Heiligen Nacht auszuhelfen, deshalb konnte die Bescherung nicht, wie in den Jahren zuvor, am Heiligen Abend stattfinden. Wie nicht anders zu erwarten war, protestierten die Mädchen heftig. Mussten sie wegen dieser blöden Geschichte doch einen Tag länger auf ihre heiß ersehnten Geschenke warten. Doch Ulla und Leonardo blieben unnachgiebig. Sie waren sicher, dass dies das letzte Jahr war, in dem Fabio noch an den Weihnachtsmann glaubte. Nicht auszudenken was geschähe, wenn der »gewachsene« Rudolph am Heiligen Abend unter dem Christbaum wartete. Fabio bekäme Zweifel, da der Rest der Menschheit, wie jeder wusste, erst am frühen Weihnachtsmorgen beschenkt sein würde. Schließlich gab es im Kinderzimmer einschlägige Literatur über die Route des Weihnachtsmannes. Fabio wusste also genau, wann Santa in welcher Zeitzone und wie lange unterwegs war. Undenkbar, dass Rudolph nicht die gesamte Strecke mitmachte und sich einfach bei Fabio unterwegs absetzen ließ. Fabio könnte einen solchen Rudolph gar nicht richtig liebhaben. Was nützte ihm ein großer Rudolph, der den Weihnachtsmann schmählich im Stich gelassen hatte? Und andererseits, je nach Wetterlage, wie kam Santa Claus ohne Rudolph mit seiner roten Leuchtnase zurecht? Fabio würde vor Sorgen nicht mehr schlafen. Nein, die Lösung mit dem Weihnachtsmorgen war die allerbeste. Maria, Carmelo und Giuseppe, die natürlich auch eingeweiht wurden, schauten Ulla an, als ob sie nicht alle Tassen im Schrank hätte. Leonardo nickten sie zwar verstehend zu, als dieser zu Ende übersetzt und gestikuliert hatte, anschließend jedoch sahen sie einander ungläubig an. Ulla hegte den Verdacht, dass Leonardo ihr die Sache allein zugeschoben hatte, was er natürlich heftig bestritt. Aber das war jetzt auch egal, denn es würde so gemacht werden.

Fabio war fest davon überzeugt, sein Rudolph würde in diesem Jahr bei der großen Tour dabei sein, so dass er im Zusammenhang mit der Bescherung nicht vom Heiligen Abend, sondern vom Weihnachtsmorgen sprach. Ulla schreckte aus ihren Gedanken hoch, als Fabio in Freudengeheul ausbrach, weil Francesca Konkurs anmelden musste und wütend das Monopoly-Spiel vom Tisch fegte. Ein Blick auf die Uhr zeigte Ulla, dass es schon ziemlich spät geworden war. Sie schnappte sich Fabio, befahl Francesca alles sofort aufzuräumen und ging mit Fabio nach oben, damit er sich zum Schlafengehen fertigmachen konnte. Cristina kam ebenfalls ins Badezimmer und fragte Ulla leise, ob sie mit Francesca noch ein wenig fernsehen könne. Ulla nickte und flüsterte: »Ich komme auch, wenn ich hier fertig bin.«

Nachdem Ulla Fabio ins Bett gebracht hatte, ohne, dass dieser protestierte - offenbar war der Tag doch ziemlich anstrengend für ihn gewesen - ging sie nach unten und schaute kurz in die Küche, wo außer Cristina und Francesca noch alle saßen. Ulla fragte, ob jemand böse wäre, wenn sie sich mit den Mädchen einen Film ansah. Alle winkten freundlich ab. Sie nahm eine Tafel Schokolade mit und setzte sich dann zu ihren Töchtern, die gebannt auf den Bildschirm schauten. Ulla erhielt eine Kurzzusammenfassung der bisherigen Geschehnisse sowie von jeder Tochter ein Küsschen für die Schokolade, dann genossen sie den Film.

Leo, Carmelo, Maria und Giuseppe gingen kurze Zeit später in das Gästezimmer, um sich eine Sendung auf dem italienischen Kanal anzuschauen. Nachdem eine halbe Stunde vergangen war, schlich Ulla in Fabios Zimmer. Das kleine Kerlchen schlief fest und hielt seinen geliebten Rudolph im Arm. Vorsichtig hob Ulla Fabios Arm und nahm Rudolph an sich. Dann wickelte sie das Stofftier in ein Tuch und versteckte es in ihrem Kleiderschrank. Danach schaute Ulla den Film mit ihren Töchtern zu Ende an. Als sie ins Gästezimmer gingen, um allen eine gute Nacht zu wünschen, erhoben sich die Gäste ebenfalls. Die Zugfahrt und die Aufregung über das Wiedersehen forderten ihren Tribut. Sie wollten nur noch schlafen. Im Bett schmiegte sich Ulla zufrieden an Leonardo und schlief sofort ein

Am 24sten um 6.00 Uhr morgens wurde Ulla von einem lauten Schrei geweckt. Mit einem Satz war sie auf den Beinen und stürmte erschrocken in Fabios Zimmer. Ihr Sohn war hellwach und suchte aufgeregt nach Rudolph.

»Mama«, stieß er aufgeregt hervor, »Rudolph ist weg, ich wusste es, keiner hat mir geglaubt. Rudolph hilft heute dem Weihnachtsmann.« Ulla nickte und umarmte Fabio. Sie war gerührt und musste sich zusammenreißen, um nicht vor seinen Augen loszuweinen. Just in diesem Augenblick betrat Francesca fauchend die Szene.

»Jetzt heult sie gleich, ich werde wahnsinnig. Ich heule auch gleich, weißt du eigentlich, wie spät es ist?« Fabio machte sich von seiner Mama los und teilte Francesca aufgeregt die Neuigkeit mit.

»Na und, dann ist er eben weg, meinetwegen braucht dieses blöde Stoffvieh gar nicht zurückzukommen.«

Fabio verteidigte seinen Freund.

»Er ist kein Stoffvieh, er ist lebendig, aber nur, wenn alle schlafen.«

Francesca durchbohrte ihre Mutter mit einem Blick.

»Siehst du, was du ihm antust? Der verblödet ja komplett.«

»Francesca, behalt deine Meinung bitte für dich! Heute ist der Heilige Abend, es wäre lieb, wenn du dich heute ausnahmsweise normal benehmen könntest.«

»Lieber ginge ich zur Schule, als diesen Stress jeden Tag mitzumachen«, ließ sich nun Cristina von der Türe her vernehmen. »Ich bin ja so froh, wenn Weihnachten vorbei ist, vielleicht tickt der dann wieder richtig.« Sie wies mit einer verächtlichen Kopfbewegung zu ihrem Bruder hinüber.

»Also, ehrlich gesagt, Fabio, ich finde auch, du könntest mal ein bisschen länger schlafen«, gab nun auch Ulla angesichts der schwarzgeränderten Augen ihrer unausgeschlafenen Töchter zu bedenken.

»Wenn Schule ist, kommst du nicht aus dem Bett, aber am Wochenende oder in den Ferien stehst du viel zu früh auf. Bei euch war das übrigens in dem Alter genauso.«

»Kannst du ihm nicht irgendwas geben, damit er länger schläft?«, fragte Cristina. Francesca griff diese Idee sofort begeistert auf.

»Ja, erinnerst du dich an den Hustensaft, den Fabio letzten Winter zwei Wochen lang nehmen musste? Da hat er voll lang geschlafen. Frage doch mal, ob sie dir ausnahmsweise eine Anstaltspackung verschreiben.«

Ulla setzte gerade zu einer Entgegnung an, aber in diesem Moment klingelte es an der Haustür.

»Ja, um Himmels willen, wer ist denn das um diese Zeit?« Ulla schrak zusammen.

»Hoffentlich ist nichts passiert.«

»Wahrscheinlich hat Uroma den Löffel abgegeben«, lästerte Francesca.

Ulla stürmte angsterfüllt nach unten und öffnete die Haustür. Vor ihr stand ein junger Mann. Schwarze Hosen, schwarzer Rollkragenpullover, schwarze Lederstiefel. Darüber trug er einen knöchellangen schwarzen Ledermantel, der erst ab der Magengegend zugeknöpft war. Wahrscheinlich, um die Sicht auf eine balkendicke, silberne Kette, an der ein umgedrehtes Kreuz hing, nicht zu behindern. Als wäre dieser Anblick nicht schon bizarr genug, trug der junge Mann drei bemerkenswerte Piercings in seinem Gesicht. Ulla starrte mit offenem Mund auf seinen kunstreich verzierten Nasenflügel und die ebenso dekorierte rechte Augenbraue. Dann konzentrierte sie sich heftig atmend auf ein kegelförmiges Gebilde, welches unterhalb seiner Lippen mindestens drei Zentimeter hervorragte. Dieser Anblick wirkte auf Ulla betäubend genug, um seinen fast kahl rasierten Schädel, von dem strategisch gut verteilt drei hüftlange Rastazöpfe herabhingen, ohne größere Gemütsbewegungen betrachten zu können. Anscheinend gehörte ihm auch der klapperige VW-Bus direkt vor der Haustür der Roccos. Das Vehikel war über und über mit Logos von Metal-Bands beklebt, am Rückspiegel hing ein Skelett. Außerdem fiel Ulla sofort das Hanfblatt auf, das kunstvoll auf die Tür gemalt war. Dieses Zeichen hatte sie schon in Cristinas Zimmer auf diversen Postern gesehen.

Ullas Gehirn arbeitete auf Hochtouren. Der Junge sammelte sicher für irgendetwas, eine Kommune, eine Karnevalsgruppe oder Ähnliches. Jetzt, um die Weihnachtszeit, war das nicht unüblich. Die Uhrzeit freilich war extrem, aber das war sein Erscheinungsbild ebenfalls. Vielleicht arbeitete die Gruppe, für die er sammelte, mit dem Überraschungseffekt. Tagsüber und in den Abendstunden kamen sie in Scharen mit ihren Sammelbüchsen. Aber diese frühe Morgenstunde war ein Novum. Morgens waren die Menschen noch zu verschlafen, um klar denken zu können, und warfen wahrscheinlich größere Beträge in die Büchsen.

Ulla beschloss tolerant zu sein, was sie ja auch tatsächlich war. Weltbürgerin eben, schließlich sagte das Äußere eines Menschen rein gar nichts über seinen Charakter aus.

»Ja, bitte?«, hauchte Ulla. Dabei lächelte sie ihn ermutigend an. Ihr Gegenüber kratzte sich mit einer Hand, deren Fingernägel schwarz lackiert waren, verlegen an seinem Nasenring. Er blickte Ulla mit seinen schwarz geschminkten Augen fragend an.

»Ist Crissy da?«

Ulla hatte sich geirrt. Er sammelte für niemanden, er suchte jemanden. Sie war nun doch etwas verärgert über die Uhrzeit. Hatte ihm niemand beigebracht, dass man nicht einfach irgendwo klingelte, um jemanden zu suchen? War man denn die Auskunft? Warum musste jeder, der sich in der Adresse irrte, bei ihr landen: Lastwagenfahrer, Kurierdienste und Leute, die hier in der Gegend jemanden besuchen wollten. Der Junge hatte aufgehört, sich zu kratzen und schaute auf seine Lederstiefel. Jetzt erst fiel Ulla auf, dass er ein Päckchen in der Hand hatte. Von seinem Äußeren einmal abgesehen fand sie dies wiederum sehr süß. Bestimmt wollte er seiner kleinen Freundin ein Geschenk unter den Baum legen.

»Da haben Sie sich leider in der Tür geirrt, tut mir leid. Schöne Weihnachten noch!« Damit wollte sie die Tür schließen, als Cristina an ihr vorbeifegte, ihre Mutter unsanft zur Seite stieß und den Jungen umarmte.

»Mensch Smoky, wo kommst du denn her?«

Der Junge entblößte beim Lächeln seine Zähne und machte den Blick frei auf ein viertes Piercing, das in der Zungenspitze steckte. Ulla machte sich nun nichts mehr vor. Als Weltbürgerin wusste sie, dass er mit ziemlicher Sicherheit an allen möglichen Körperstellen durchlöchert war. Sie musste sich am Türrahmen festhalten. Gott sei Dank schlief Leonardo noch. Das hier würde ihn umbringen.

»Mama, das ist Smoky, Smoky, das ist meine Mutter!« Cristina strahlte vor Glück. Ulla riss sich zusammen und gab dem Jungen die Hand. Das war sicher jemand aus ihrer Clique. Ulla kannte zwar nur einen Jungen und ein paar Mädchen davon, doch die waren längst nicht so extrem gekleidet. Allerdings hörten sie alle die gleiche Musik wie Cristina. Und von Cristinas Postern her wusste Ulla, was man in diesen Bands so trug. Manche imitierten wohl den Stil. Sollten sich die Eltern des Jungen darum kümmern, sie ging das nichts an.

Nun kamen auch Francesca und Fabio. Na klasse! Francesca strahlte Smoky an.

»Hi, cool, dass du hier bist.«

Fabio schaute Smoky neugierig an und fragte: »Bist du Cristinas Freund?«

Cristina nickte glücklich.

»Krass, was?«

Besser hätte es Ulla auch nicht ausdrücken können. Es beschrieb fraglos am treffendsten das Exemplar, welches hier vor ihnen stand. Ulla registrierte, wie sich am Haus gegenüber ein Vorhang bewegte. Natürlich die Nachbarin! Schlief die eigentlich nie? Sie war bekannt dafür, dass sie bei einem Streik der Presse als wandelndes Lokalblatt einspringen konnte. Diese Frau wusste alles, und wenn es nicht skandalös genug war, wurde es von ihr so aufpoliert, dass es für wochenlangen Gesprächsstoff sorgte. Nun wurde Ulla etwas flau im Magen. Leonardo durfte nichts von diesem Besuch erfahren, jedenfalls nicht während der Feiertage. Da wäre es um den Weihnachtsfrieden geschehen gewesen. Niemand von ihnen hatte auch nur im Entferntesten geahnt, dass Cristina einen Freund hatte. Und dann noch so einen! Sie hatte nur noch eine Möglichkeit die Katastrophe zu verhindern. Sie musste den Jungen ins Haus bitten. Dann würde die Nachbarin annehmen, dass Leo Bescheid wusste, und vielleicht die Klappe halten.

»Möchten Sie kurz hereinkommen? Es ist doch ziemlich kalt hier draußen«, hörte sich Ulla sagen, bevor sie richtig nachgedacht hatte.

»Au ja«, kreischte Cristina und zog den widerstrebenden Jungen hinter sich her in die Wohnküche.

»Leise«, zischte Ulla den Kindern zu, »lasst Papa noch ein bisschen schlafen.«

Ihre große Sorge war: Wenn Leo aufwachte, würde er den Punk rausschmeißen und Cristina und sie wahrscheinlich ebenfalls. In der Küche bat sie den jungen Mann sich zu setzen. Smoky setzte sich auf Leonardos Stuhl, womit sein Schicksal praktisch besiegelt war. Ulla konnte ihn schlecht bitten, woanders Platz zu nehmen. Cristina hätte es tun müssen, schließlich wusste jeder, dass Leonardo nichts mehr hasste, als wenn sein Stuhl besetzt war. Aber Cristina fiel dieser kleine Fauxpas natürlich nicht auf. Auch nicht ihrer begeisterten Schwester, die den Typen unverhohlen anhimmelte. Fabio spielte fasziniert mit einem von Smokys Zöpfen. Da Ulla dringend eine Stärkung brauchte, fragte sie Smoky, ob er Espresso möchte. Zu allem Übel nickte er.

»Wenn es keine Mühe macht.«

Mühe nicht, aber es könnte dein letztes Getränk sein, wenn der Herr des Hauses auftaucht, dachte Ulla. Während sie an der Espressomaschine hantierte, hörte sie Cristina fragen:

»Sag mal, wo kommst du eigentlich um diese Zeit her?« Interessante Frage, Ulla war gespannt auf die Antwort.

»Von der LAN, Babe, das habe ich dir doch gesimst.«

»Ja, aber so lange? Ich dachte, die geht nur ein paar Stunden?«

»Was ist eine LAN?«, fragte Fabio. Er hatte den Zopf inzwischen mehrere Male um sein Handgelenk gewickelt, aber Smoky schien gutmütig zu sein. Ulla war dankbar, dass Fabio die Frage gestellt hatte, sie wollte schließlich nicht als ganz doof dastehen.

»So nennt man das, wenn sich ganz viele Leute mit ihren Computern treffen und Filme oder die neuesten Songs untereinander austauschen.« Francesca wusste Bescheid. Triumphierend grinste sie zu ihrer Mutter hinüber, der in diesem Moment klar wurde, dass sie nicht nur ein sehr ausgefallenes Exemplar der menschlichen Gattung hier in ihrer Küche bewirtete, sondern ein computersüchtiges noch dazu.

»Ja, aber«, sagte Ulla an ihren Gast gewandt, »ist das denn nicht strafbar?«

Smoky konnte Ulla beruhigen:

»Nein, normalerweise nicht.«

»Aha.« Ulla schluckte, verzichtete auf eine genauere Definition dieser Aussage und servierte den Espresso. Smoky bedankte sich artig und legte endlich das Päckchen auf den Tisch.

»Was ist denn das?« Cristina konnte aber auch wirklich Fragen stellen.

»Für dich zu Weihnachten! Ich sehe dich doch die nächsten Tage nicht, da dachte ich, ich bringe dir dein Geschenk vorbei.« Cristina verdrehte verzückt die Augen.

»Das wäre doch nicht nötig gewesen.«

»Ich wollte es aber«, beharrte Smoky.

»Hat das der Weihnachtsmann bei dir vorbeigebracht? Der weiß doch, wo wir wohnen. Wieso hat er das zu dir gebracht?«, wollte Fabio wissen.

Ulla straffte die Schultern. Sollte dieser Punk es wagen, nicht kindgerecht zu antworten und ihrem Kind den Weihnachtsglauben zu zerstören, sie würde ihn bei seinen mottenzerfressenen Zöpfen packen und eigenhändig hinauswerfen.

Smoky wandte sich mit einem wirklich liebevollen Lächeln an den kleinen Kerl, wie Ulla zugeben musste.

»Weißt du, ich habe dem Weihnachtsmann geschrieben und ihn gebeten, mir ein Päckchen für Cristina zu schicken, damit ich es ihr selbst am Heiligen Abend bringen kann.«

Fabio staunte.

»Und das hat er dann einfach so gemacht?«

»Ja natürlich, ich habe ihm geschrieben, dass das mein einziger Wunsch ist, und den hat er mir erfüllt.«

»Ja, aber«, Fabio runzelte nachdenklich die Stirn, »hat der Weihnachtsmann denn schon angefangen, die Geschenke zu verteilen? Er kommt doch normal erst, wenn es dunkel ist.«

»Das stimmt«, warf nun Cristina ein, »aber bevor er richtig anfängt, hat er Smoky eben schnell das Geschenk gebracht, sonst hätte er es mir ja heute nicht geben können, verstehst du? Und außerdem ist doch Rudolph weg, richtig? Die sind bestimmt schon voll im Stress.«

»Genau«, bestätigte Smoky. Fabio lächelte verzückt und Ulla fand den jungen Mann irgendwie sympathisch. Wie gesagt, man konnte niemals vom Äußeren auf das Innere eines Menschen schließen. Was für ein einfühlsamer, netter junger Mann! Und LAN und Piercings? Meine Güte, wir waren alle einmal jung. Früher waren es die Elvis-Frisuren, dann die Hippie-Welle, heute gab es eben solche Typen. Ulla wollte gerade beginnen, ein wenig Konversation zu machen, als die Tür aufging. Nonna Maria betrat in Nachthemd und Morgenmantel die Küche. Als sie Smoky erblickte, erstarb das »Buon Giorno« auf ihren Lippen. Sie bekreuzigte sich dreimal, stieß noch ein »Santo Dio« hervor und verließ in einer Geschwindigkeit, die ihr niemand zugetraut hätte, die Küche. Alle, außer Smoky und Ulla, brachen in wieherndes Gelächter aus. Wahrscheinlich konnten nur Smoky und Ulla die Tragweite dessen erahnen, was nun kommen würde. Und tatsächlich. Cristina, Francesca und Fabio lagen sich immer noch lachend in den Armen, als Leonardo die Bühne betrat. Seine zu Tode erschrockene Mutter klammerte sich Hilfe suchend an seinen Pyjama und blieb sicherheitshalber hinter seinem Rücken.

Leonardos erster Blick galt seinem besetzten Stuhl. Dann musterte er Smoky. Sein Gesichtsausdruck war nicht zu deuten, aber Ulla erkannte sofort, dass die Ader auf seiner Stirn anschwoll. Die Kinder hatten zu lachen aufgehört. Fabio erhob sich, trat zu seinem Vater.

»Schau mal, Papa. Das ist Smoky. Der Weihnachtsmann hat ihm ein Päckchen für Cristina geschickt und er hat es ihr extra vorbeigebracht.«

»Wieso Cristina?«, stammelte Leonardo und sah Ulla hilflos an. Der Arme! Unwillkürlich tat er Ulla leid. Sie wurde glücklicherweise durch Fabio einer Erklärung enthoben.

»Aber das ist doch Cristinas Freund, er ist extra gekommen, um ihr das Geschenk zu bringen, das mein Rudolph bei ihm vorbeigebracht hat, Papa, cool was?«

Fabio hielt seinem Vater stolz einen Rastazopf entgegen. Leonardo starrte ungläubig auf das struppige Gebilde in Fabios Hand.

»Geh dir sofort die Hände waschen!«, herrschte Leo seinen Sohn an.

»Wieso denn, ich bin doch gar nicht dreckig«, maulte Fabio, kam aber nach einem weiteren Blick in das Gesicht seines Vaters dessen Aufforderung nach. Ulla drehte sich um und biss sich auf die Lippen, um nicht zu grinsen. Cristina schaute ihren Vater empört an und Francesca hielt sich angesichts der angespannten Stimmung klugerweise im Hintergrund.

Smoky sprang auf und streckte Leonardo die Hand entgegen.

»Guten Morgen und schöne Weihnachten!« Ulla verkrampfte sich innerlich, als sie sah, wie schockiert Leonardo die schwarz lackierten Fingernägel musterte.

Maria schien einer Ohnmacht nahe und bekreuzigte sich sicherheitshalber noch einmal. Leonardo überwand sich und nahm die dargebotene Hand.

»Ja, schöne Weihnachten, mein Name ist Leonardo Rocco und das da«, mit der freien Hand wies er auf seine Mutter hinter sich, »ist meine Mama Maria.« Smoky streckte auch ihr wohlerzogen die Hand entgegen, aber Maria nickte ihm nur kurz zu, ohne ihn zu berühren, und ging zum Herd. Anscheinend war der Junge solche Reaktionen gewohnt, denn er setzte sich unbekümmert wieder auf Leonardos Stuhl und trank einen Schluck von seinem Espresso. Leonardo nahm angesichts dieses Affronts auf der Eckbank Platz und Ulla stellte eilig ebenfalls eine Tasse Espresso vor ihren Gatten. Schwiegermutter Maria machte sich indessen am Herd zu schaffen, um sich ihr Frühstück zuzubereiten, das jeden Morgen aus einem Becher warmer Milch sowie einem Keks oder Brotstück bestand.

Leonardo musterte seinen frühen Gast.

»Soso, extra früh aufgestanden, um das Geschenk rechtzeitig zu bringen?«, sagte er dann.

Smoky spielte wieder an seinem Nasenring. Das schien eine Marotte von ihm zu sein.

»Na ja, wie man's nimmt, Herr Rocco, eigentlich war ich noch gar nicht im Bett. Ich komme gerade von einer LAN.«

»Einer waas?«, Ulla registrierte zufrieden, dass ihr Mann dies ebenfalls nicht kannte.

»Das ist, wenn sich viele Leute mit ihren Computern treffen und Filme oder Songs austauschen«, kam es aus Francescas Richtung. Sie ignorierte die weit aufgerissenen Augen ihres Vaters und betrachtete eingehend ihre Fingernägel.

»Ist das denn nicht illegal?«, wollte Leo ebenfalls wissen.

»Normalerweise nicht«, antwortete Ulla und lächelte ihren Schwiegersohn in spe an.

»Ja, aber das ist doch kriminell. Dafür geht man doch ins Gefängnis.« Leonardo erwärmte sich geradezu für das Thema.

»Mein Gott, Leo, bei dem Preis, den die heute für eine CD oder so eine DVD verlangen, müssen sie sich nicht wundern, wenn so was passiert. Heutzutage hat doch keiner mehr Geld übrig und die Jugendlichen schon gar nicht.«

Smoky, Cristina und Francesca strahlten Ulla überrascht an.

Leonardo explodierte.

»Das ist doch keine Einstellung, wo kämen wir denn da hin, wenn das alle machen würden? Und überhaupt, was hast du denn für eine Einstellung? Was für ein Beispiel gibst du den Kindern?«

Cristina sprang für ihre Mutter in die Bresche.

»Du sagst doch immer, wir sollen unser Geld nicht für solche Sachen zum Fenster rauswerfen, oder? Papa, das brauche ich jetzt auch nicht mehr. Smoky brennt mir alles.« Hier wandte sie sich zu ihrem Freund um und streichelte zärtlich seine Hand.

»Übrigens, Smoky, was hast du mir eigentlich mitgebracht? Darf ich das schon auspacken?«, gurrte Cristina.

»Wie du möchtest«, antwortete Smoky. »Du kannst es auch später anschauen, wenn dir das lieber ist.«

»Nein, nein, sie soll es jetzt auspacken!«, rief Fabio aufgeregt, der inzwischen wieder in die Küche zurückgekehrt war.

Cristina machte sich unter begeisterter Mithilfe ihres Bruders daran, das Päckchen zu öffnen. Sie stieß einen Entzückensschrei aus, als sie das breite schwarze Lederarmband mit aufgesteckten kegelförmigen Nieten entdeckte.

»Cool, vielen Dank, genauso eines wollte ich mir demnächst kaufen.« Sie drückte Smoky erfreut die Hand. Leonardo und Ulla schauten sprachlos zu, wie Cristina sich das Schmuckstück anlegte, und ausnahmsweise war sogar Francesca still. Fabio, der dem Treiben interessiert zuschaute, wandte sich an Smoky.

»Die Nägel auf dem Armband sehen genauso aus wie der an deinem Kinn.«

»Kluger Junge!«, bestätigte Smoky und strich Fabio übers Haar.

Leo und Ulla schauten zuerst auf das Lederarmband, danach auf das Kinn. Respekt, ihr Jüngster hatte wirklich eine scharfe Beobachtungsgabe. Maria indes schüttelte den Kopf, warf allen einen missbilligenden Blick zu, dann verließ sie die Küche.

Leonardo fand, dass der Besuch des jungen Herrn nun ausgedehnt genug gewesen war und fragte: »Und, wartet zu Hause schon das Frühstück?«

Ulla schaute Leonardo vorwurfsvoll an. Gewiss, er hatte ja Recht, sie hätte auch nichts dagegen, wenn der Besuch sich jetzt höflich verabschieden würde, aber musste man dies so direkt ausdrücken? Nun ja, Diplomatie war nicht Leonardos Stärke.

»Ich frühstücke nie«, erklärte Smoky seinem Gastgeber und schaute dann Cristina tief in die Augen.

»Also ich frühstücke normalerweise und ich habe einen mordsmäßigen Hunger, ihr nicht?«, ließ sich nun Francesca vernehmen. Die liebe Francesca. Auf sie war einfach Verlass. Hatte Leo eben mit seinem indirekten Rauswurf eine leichte Kerbe geschlagen, Francesca vertiefte sie mit einem weiteren Schlag, ohne mit der Wimper zu zucken. Leo streifte Francesca mit einem liebevollen Blick, erhob sich und schlenderte betont lässig zum Kühlschrank. Es durfte auf keinen Fall nach einer Flucht aussehen. Ulla erhob sich ebenfalls, um ihrem Mann logistische Unterstützung zu geben und siehe da, Smoky schien nicht unempfindlich für kosmische Signale zu sein. Er stand auf.

»Ja, also Leute, danke für den Espresso, ich mache mich jetzt auf die Socken, damit ich noch 'ne Mütze Schlaf bekomme.«

Ulla lächelte ihm zu.

»Schöne Weihnachten noch und viele Grüße an zu Hause!«

Leo brummte etwas Undefinierbares und machte sich demonstrativ an die Frühstücksvorbereitungen. Fabio folgte Cristina wie ein Schatten, als sie ihren Freund hinausbegleitete.

Leo drehte sich mit der Geschwindigkeit einer Kobra zu seiner Frau um.

»Hast du etwas von dem Kerl gewusst?«

»Wie kommst du denn darauf?«, erwiderte Ulla empört. »Ich war genauso ahnungslos wie du. Ich verstehe überhaupt nicht, wie sie uns verschweigen konnte, dass sie einen Freund hat.«

»Na, ich schon!« Leo war offensichtlich in seiner Ehre gekränkt. »Mit dem Typen würde ich mich nicht einmal nachts auf der Straße zeigen, du etwa?«

Ulla mochte nicht ganz so ablehnend sein.

»Er macht doch einen ganz netten Eindruck, oder?«

»Nett, nett! Du bist vielleicht naiv«, polterte Leo los. »Ich habe schon viele skurrile Typen gesehen, aber dieser Kerl, den deine Tochter sich da gekrallt hat, schlägt sie alle. Kannst du mir vielleicht einmal sagen, womit wir das verdient haben? Deine Tochter hatte ja schon immer einen Hang zu gesellschaftlichen Außenseitern, aber dass sie so was heimbringt, das hätte ich mir nie träumen lassen. Und dann erfahre ich es am Heiligen Abend! Statt Christbaumkugeln hätten wir mal besser Knoblauchzehen an den Baum gehängt.«

»Leo«, sagte Ulla, um ihren Mann zu besänftigen, »bestimmt ist das nur so eine verrückte Phase, wie die Teenies sie eben durchmachen. In ein paar Jahren lachen wir darüber.«

»Ich würde gerne früher lachen, wenn es gestattet ist. Herrgott noch mal, haben wir sie so erzogen? Dass sie so einen Freak heimbringt? Rächt sie sich vielleicht für irgendetwas Schreckliches, was wir ihr angetan haben? Gott sei Dank ist um diese Zeit noch niemand auf, außer uns natürlich. Stell dir vor, was die Leute von uns denken, wenn sie das zu sehen kriegen!«

Ulla überlegte einen Moment, ob sie Leo erzählen sollte, dass die Nachbarin Smoky schon erspäht hatte, ließ es aber angesichts der Gemütslage ihres Gatten lieber sein.

Francesca hatte dem Disput ihrer Eltern schweigend zugehört, was in Ulla den Verdacht aufsteigen ließ, dass sie von der ganzen Sache wusste. Sonst fiel Francesca nicht gerade durch übertriebene Zurückhaltung auf. Außer, wenn sie in etwas verwickelt war und dies verschleiern wollte. Das hätte sich Ulla denken können. In einem solchen Fall waren die Mädchen sich einig. Leonardo schaute Ulla erwartungsvoll an und sie spürte, dass er eine Bestätigung brauchte. Aber Ulla hatte überhaupt keine Lust mehr, über das Thema zu sprechen. Woher nahm ihre Familie das Recht, sich immer auf sie zu stürzen? An wen, bitteschön, konnte sie sich in einem Krisenfall wenden?

Cristina stürmte in die Küche.

»Na, wie findet ihr ihn?«

»Kannst du mir vielleicht einmal erklären, warum du uns nichts von deinem Freund erzählt hast?«, wollte Ulla wissen.

Cristina schielte zu ihrem Vater hinüber, der sie jedoch nicht beachtete.

»Ja weißt du, ich dachte, ihr seid ja sowieso dagegen.«

Nun beschloss Leo doch, seine Tochter anzusprechen.

»Ach, hast du gedacht? Ja, da hast du ausnahmsweise richtig gedacht. Also, was macht man in so einem Fall? Man stellt uns vor vollendete Tatsachen und lässt Frankenstein einfach mal am Heiligabend an der Haustür klingeln.«

»Siehst du«, jammerte Cristina, »ich wusste, ihr habt was gegen ihn! Und außerdem wusste ich nicht, dass Smoky kommt. Er hat mich überrascht.«

»Nun, uns hat er mindestens ebenso überrascht, liebe Cristina«, fuhr Leo grimmig fort. »Ich habe so Gestalten wie deinen Smoky höchstens mal in einem schlechten Film oder in einem Comic-Heft gesehen. Ehrlich gesagt, kann ich immer noch nicht glauben, dass sich jemand absichtlich so verstümmelt.«

»Eben«, sagte Cristina nun auf Unterstützung hoffend an ihre Mutter gewandt, »deshalb habe ich nichts von Smoky erzählt. Ich wusste ja, wie spießig ihr reagiert.«

»Wieso bin ich spießig?«, gab Ulla zurück. »Habe ich etwas über sein Äußeres gesagt? Ich finde deinen Freund eigentlich ganz nett.«

Leo stöhnte genervt auf.

»Nett? Was bitteschön ist nett an diesem Kerl?« Leo schaute seine bessere Hälfte ungläubig an.

»Ich finde es jedenfalls niedlich, dass er extra ein Päckchen für unsere Tochter hergebracht hat, du etwa nicht? Immerhin bedeutet sie ihm scheinbar etwas, sonst hätte er sich die Mühe gar nicht gemacht.«

Cristina umarmte ihre Mutter stürmisch.

»Danke, Mama, war das nicht süß von Smoky?«

»Doch, das finde ich auch«, bestätigte Ulla abermals und schaute Leonardo herausfordernd an.

Leonardo hakte sofort nach.

»Wieso eigentlich Smoky? Das ist doch kein anständiger Name. Heißt der Freak denn wirklich so, und warum wird er so genannt?«

»Weil er kifft!«, platzte Francesca heraus.

Alle drehten sich ruckartig zu ihr um. Francesca schlug sich schuldbewusst die Hände vor den Mund.

»Entschuldigung, das wollte ich nicht!«, sagte sie zerknirscht zu ihrer Schwester.

Cristina fing sofort an loszuheulen.

»Dir sage ich nie wieder was. Du hast mir versprochen, das nicht weiter zu erzählen«, schluchzte sie.

»Er kifft?«, fragten Leonardo und Ulla wie aus einem Munde.

»Ihr dürft euch was wünschen«, rief Fabio strahlend, als er in eben in diesem Moment den Raum betrat. »Ihr habt beide gleichzeitig das Gleiche gesagt.« Niemand achtete auf ihn.

Fabio fasste die Hände seiner Eltern und versuchte, ihre Finger ineinander zu schlingen.

»Was soll denn das?«, sagte Leo unwillig. »Lass das bitte. Wir haben hier was Wichtiges zu besprechen.«

»Du und Mama dürft euch was wünschen, weil ihr das Gleiche gesagt habt«, beharrte Fabio.

Ulla hakte gedankenverloren ihre Finger um Leos.

»Los, wünsch dir halt was.«

Leonardo begann, sich um Ullas Geisteszustand Sorgen zu machen.

»Ja, seid ihr denn jetzt alle komplett verrückt geworden?«, brüllte er los. »Was soll ich mir denn *noch* wünschen?« Seine Stimme troff vor Sarkasmus. »Ich habe doch schon alles: ein Haus, in dem ich nichts zu sagen habe und das ich bis zum jüngsten Tag abbezahlen muss. Eine Frau, die mich abgöttisch liebt, mir jeden Wunsch von den Lippen abliest und mir niemals in den Rücken fällt. Eine Tochter, die anscheinend bei dem Wettbewerb ›Wer angelt sich den größten Freak aller Zeiten?‹ den Pokal geholt hat. Eine weitere Tochter, die mich und ihre Mutter höchstwahrscheinlich in den nächsten zwei Jahren im Schlaf mit einer Motorsäge überrascht und einen Sohn, der nichts so sehr hasst wie Tomatensoße und sich wahrscheinlich eben an dem Putzlappen, den dieser Kiffbruder Haare nennt, einen seltenen Erreger eingefangen hat!«

Nun weinte Cristina noch heftiger, während Ulla ihr geistesabwesend übers Haar strich. Fabio starrte seinen Vater an.

»Du schreist immer nur. Smoky ist doch nett, er hat mir versprochen, dass er mit mir bald mal Fußball spielt.«

Anklagend schaute Leo seine Frau an.

»Siehst du, wie dieses Kind aufwachsen muss? Wie soll es lernen, was richtig und falsch ist, wenn du solche Gestalten auch noch nett findest?«

»Ja klar, jetzt bin ich wieder schuld«, sagte Ulla. »Das Thema jetzt beendet. Heute ist Heiliger Abend und ich lasse mir den ganz bestimmt nicht verderben. In den Siebzigern hat man auch gekifft. In meiner Clique waren ebenfalls Kiffer. Das bedeutet aber nicht, dass ich etwas mit dem Zeug zu tun hatte, oder?« Wütend funkelte sie Leo an.

»Toll, ganz toll gemacht, Ulla!«, polterte er. »Wie sollen die Kinder dich jetzt noch respektieren? Jetzt, nachdem du uns allen verkündet hast, dass du in einer Kifferclique warst?«

114

»Sie können mich sehr wohl respektieren oder hat mich hier schon mal jemand rauchen oder kiffen sehen?« Ulla packte Leo an den Schultern.

»Jetzt tu mal nicht so, früher gab es auch schon ganz schön Ausgeflippte. Sind wir deshalb genauso geworden? Na bitte.«

Cristina nickte heftig.

»Ich würde nie kiffen und so richtig macht das Smoky ja auch nicht. Nur ab und zu zieht er mal eine durch, wenn's ihm zu stressig wird.«

»Na siehst du?«, Ulla sah Leo triumphierend an. »Halb so schlimm!«

»Ihr seid doch nicht mehr zu retten!« Leo winkte ab und setzte sich an seinen Platz.

Seine Familie tat es ihm nach. Ulla stöhnte.

»Das kann heute nur noch besser werden. Am besten, wir reden jetzt von etwas Anderem, sonst können wir uns die Feiertage gleich schenken.«

»Das können wir sowieso, habt ihr gesehen, wie Nonna geschaut hat?« Francesca blickte ihre Eltern fragend an.

»Ach, halb so schlimm, Papa wird schon was einfallen, um sie zu beruhigen.« Ulla lächelte ihren Göttergatten an. »Eure Nonna ist hier Gast und deshalb wird sie den Vorfall auch nicht mehr erwähnen. Wäre das in ihrem Haus passiert, lägen die Dinge natürlich anders.« Ulla konnte selbst kaum glauben, was sie da sagte, wusste sie doch, dass ihre Schwiegermutter sehr energisch und auch dickköpfig sein konnte. Ganz anders ihr Schwiegervater: Er sprach nur das Nötigste, ansonsten glich Carmelo einem stillen Beobachter, bei dem man meistens nicht einmal an seiner Miene ablesen konnte, was ihm gerade durch den Kopf ging. Vielleicht war er umständehalber so geworden. Er wäre sowieso kaum zu Wort gekommen. Gegen Ullas Schwiegermutter kam man einfach nicht an. Andererseits gab sich Carmelo dermaßen wortkarg, dass seine Frau vielleicht die Stille durch ihre Wortschwälle kompensieren musste. Keiner wusste es, doch immerhin funktionierte diese Konstellation seit vielen Jahren.

In diesem Moment kamen Ullas Schwiegereltern herein, lächelten freundlich in die Runde und setzten sich an den Tisch. Leo verwickelte seine Eltern in ein unverfängliches Gespräch und bezog Ulla und die Kinder ab und zu mit ein. In der Zwischenzeit hatte sich auch Giuseppe dazugesellt und legte wie immer einen gesegneten Appetit an den Tag. Zum allgemeinen Erstaunen wurde der »Zwischenfall« von niemandem mehr erwähnt. Man konnte fast meinen, er hätte nie stattgefunden, hätte nicht Cristina ein verträumtes Lächeln im Gesicht gehabt.

Nach dem Frühstück begann Ulla mit den Vorbereitungen für das Abendessen. Es sollte Ente mit Reis, Kartoffeln und Gemüse geben. Dieses Menü war mehr oder weniger einstimmig angenommen worden. Mittags würde Ulla nur einen kleinen Imbiss auf den Tisch stellen, um den Appetit für abends zu sichern. Maria half Ulla Gemüse putzen und setzte schon einmal die Kartoffeln auf, die dann nach der Kirche zusammen mit der marinierten Ente in den Backofen kommen würden. Carmelo, Giuseppe, Leonardo und die Kinder spielten unter lautem Gelächter »Mensch ärgere Dich nicht«. So plätscherte der Vormittag, der wenig verheißungsvoll begonnen hatte, doch noch fröhlich dahin. Ulla arbeitete Seite an Seite mit ihrer Schwiegermutter, als sie das karge Mittagsmahl zubereiteten und servierten, und war ihr insgeheim dankbar für ihr Taktgefühl.

Giuseppe und Carmelo, die Gefallen an »Mensch ärgere Dich nicht« gefunden hatten, wollten unbedingt noch einmal spielen. Also spielten alle, einschließlich Ulla und Maria. Maria wurden zuerst die Regeln erklärt. Dann konnte es losgehen. Maria durfte anfangen und würfelte gleich beim ersten Mal eine Sechs. Stolz machte sie den ersten Zug. Carmelo und Giuseppe hatten ebenfalls Glück und konnten bereits in der ersten Runde punkten. Dann kam Fabio an die Reihe. Er würfelte dreimal, ohne eine Sechs zu erzielen. Als er ein viertes Mal würfeln wollte, nahm ihm Francesca die Würfel aus der Hand und sagte gönnerhaft: »Nun zeige ich dir mal, wie man's richtigmacht!« Als auch sie keine Sechs bekam, lachten alle am Tisch. Francesca ignorierte dies tapfer und der Nächste kam an die Reihe. Das erste Spiel gewann

Maria, die vor Stolz fast platzte. Huldvoll nahm sie die Glück-
wünsche aller entgegen und startete enthusiastisch in die zweite
Runde, die von Giuseppe gewonnen wurde. Die dritte und letzte
Runde gewann Fabio, der seine Freude hierüber mit lautem Indi-
anergeheul sowie einer Tanzeinlage kundtat. Francesca war jedes
Mal die Letzte geworden. Trotz Tränen in den Augen beherrsch-
te sie sich und blieb am Tisch sitzen. Das war wahrscheinlich ihr
Beitrag zum Fest des Friedens.

Endlich war es Zeit, sich für den Gottesdienst mit Krippenspiel fertig zu machen. Alle zogen ihre besten Sachen an. Ulla
zwang Fabio gegen dessen erbitterten Widerstand in seine ver-
hasste neue Hose und kämpfte nun mit ihm darum, einen zu der
neuen Hose passenden Pullover anzuziehen. Fabio beharrte auf
seinem Lieblingspullover, der sich durch zu kurze Ärmel, einen
ausgeleierten Bund sowie einen faustgroßen, waschresistenten
Fleck direkt vorne auf der Brust auszeichnete. Ulla erklärte ihm
geduldig, dass dies ein Pullover sei, den man zum Spielen und
Herumtoben anziehen könne, wenn man aber in die Kirche gehe,
um die Geburt Jesu zu feiern, sähe es das Jesuskind lieber, wenn
man etwas Schickes anzöge.

»Wieso, was trägt denn das Jesuskind?«, wollte Fabio wissen.
Ulla drehte ihre Augen himmelwärts.

»Eine Windel und ein Hemdchen«, antwortete sie knapp.

»Na also, ich habe immerhin noch eine Hose an, da sollte sich
das Jesuskind schämen und nicht ich.« Diese Antwort, musste
sich Ulla eingestehen, entbehrte nicht einer gewissen Logik, doch
damit konnte sie ihn jetzt auf keinen Fall durchkommen lassen.

»Aber die Eltern vom Jesuskind waren arm und hatten nichts
Anderes für ihr Baby zum Anziehen, wir konnten dir immerhin
eine neue Hose und einen neuen Pullover extra zur Geburtstagsfeier von Jesus kaufen. Jesus wäre froh, wenn er so etwas hätte.«
Fabio überlegte einen Augenblick.

»Dann schenken wir ihm die Sachen zum Geburtstag. Ich habe
ja noch andere Kleider«, schlug er großherzig vor.

Raffiniert war der kleine Kerl. Aber neben Pädagogin konnte Ulla auch Hauptfeldwebel sein.

»Du ziehst augenblicklich diesen Pullover an oder du bleibst alleine hier! Außerdem sieht der Weihnachtsmann alles und wenn er mitbekommt, dass du am Heiligen Abend deine Mutter so ärgerst, kann es gut sein, dass er für dich nichts mitbringt. Und Rudolph ist auch enttäuscht von dir.«

Fabio ergab sich murrend in das Unabwendbare und zog sich den neuen Pullover über.

Ulla schüttelte den Kopf. Ging in diesem Haus nichts ohne Kämpfe ab? Würde sie den Tag noch erleben, an dem sie etwas sagte und sich jeder ohne Widerworte fügte? Endlich waren Fabio und sie fertig und sie gingen schnell nach unten in den Flur, wo die anderen schon auf sie warteten. Leonardo schaute vorwurfsvoll auf seine Armbanduhr. Ulla sagte: »Schön, dass ihr alle schon fertig seid, während ich zuerst noch gegen Goliath kämpfen durfte, damit er nicht das Ensemble anzieht, das er normalerweise zum Spielen im Schlamm trägt.«

»Also Fabio, wirklich, wenigstens in die Kirche kannst du doch mal ohne Theater das anziehen, was Mama dir gibt«, sagte Cristina.

Francesca erwiderte mit einem spöttischen Seitenblick auf ihre Schwester: »Na, nach allem was ich heute Morgen gesehen habe, glaube ich nicht, dass du die ideale Modeberaterin bist. Unpassender als dein Lover geht's ja nun wirklich nicht.«

»Du bist sofort still. Hast du mich verstanden?«, sagte Ulla.

Auch Leonardo bedachte Francesca mit einem warnenden Blick. Francesca formte mit ihren beiden Zeigefingern ein Kreuz, wich gespielt entsetzt vor ihren Eltern zurück und flüsterte: »Ganz ruhig, alles ist gut, ganz ruhig.«

Leonardo machte ein paar schnelle Schritte auf seine Tochter zu und stoppte wenige Zentimeter vor ihr. Dann musterte er sie scharf.

»Pass auf, was du machst! Bei solchen Sachen verstehe ich keinen Spaß.«

Marias Blicke wanderten verständnislos zwischen ihrem Sohn und ihrer Enkelin hin und her, bevor sie Ulla fragend ansah.

»Niente!«, sagte diese und das Gesicht ihrer Schwiegermutter verfinsterte sich. Sie kam sich wahrscheinlich veräppelt vor, aber Ulla hatte überhaupt keine Lust auf eine Ausdehnung des Dramas. Wenn Leonardo das Ganze auch noch übersetzen müsste, würde das seine Wut nur noch verstärken. In einer Viertelstunde begann die Messe und Ulla hatte fest vor, die Kirche in Frieden und Harmonie mit ihrer gesamten Familie zu betreten.

Endlich gingen sie los. Unterwegs trafen sie Bekannte, denen sie zunickten oder einen Gruß zuriefen. Sie wählten ihre Plätze weit vorne, damit sie das Krippenspiel auch gut verfolgen konnten. Neben dem Altar stand ein festlich geschmückter Christbaum. Nur seine zahlreichen Kerzen brannten, sonst war die Kirche vollkommen unbeleuchtet, was dem Gebäude eine Aura von Wärme und Festlichkeit verlieh. Die Kinder hatten glänzende Augen und die Schwiegereltern und Giuseppe betrachteten staunend die wunderschöne Kirche. Leonardo drückte Ulla die Hand. Ulla war schon jetzt zu Tränen gerührt und holte vorsichtshalber ein Taschentuch aus ihrer Handtasche. Spätestens beim ersten Weihnachtslied, das wusste sie, würde sie sich nicht mehr zurückhalten können. Francesca sah dies, flüsterte Cristina etwas ins Ohr und beide fingen an zu kichern. Nach einem strafenden Blick aus Leonardos Augen verstummten sie schlagartig.

Da die Kirche zur Feier des Tages ausnahmsweise geheizt worden war, zogen die meisten Besucher ihre Mäntel und Jacken aus und legten sich die Kleidungsstücke über die Knie oder hinter sich auf die Bank. Ebenso machten es die Roccos. Als Cristina ihre Jacke auszog, entdeckte Ulla an ihrem linken Arm Smokys Geschenk. Sie sog scharf die Luft ein. Wie beschränkt war ihre Tochter eigentlich? Das müsste einer 16-Jährigen doch klar sein, dass sie sich hier auf keinem Festival, sondern in der Kirche befand. Leonardo hatte das Schmuckstück glücklicherweise noch nicht entdeckt. In der Kirche war es mittlerweile in Erwartung des gleich beginnenden Gottesdienstes ziemlich still geworden und Ulla versuchte verzweifelt, Cristina auf sich aufmerksam zu machen, indem sie sie unverwandt anstarrte. Cristina saß neben

Francesca, diese neben Fabio und Fabio befand sich unmittelbar neben Ulla. Offensichtlich hatten Ullas telepathischen Bemühungen keinen Erfolg, denn Cristina ließ ihren Blick in der ganzen Kirche herumschweifen, nur zu ihrer Mutter schaute sie kein einziges Mal herüber. Ulla musste also einen anderen Weg finden. Auf keinen Fall durfte Leo etwas mitbekommen.

Sie beugte sich zu Fabio und flüsterte:

»Sag zu Francesca, sie soll zu Cristina sagen, sie soll zu mir herschauen.«

Fabio war verwirrt. »Was hast du gesagt, Mama?«

Ulla wand sich unbehaglich auf ihrem Sitz. Leonardo schaute sie erstaunt an und die Leute vor ihnen auf der Bank drehten sich um. Die Leute hinter ihnen begannen zu tuscheln. Ulla schoss das Blut ins Gesicht. Nach einem schnellen Blick auf ihre Töchter bemerkte sie, dass die beiden sich angeregt flüsternd unterhielten und offenbar als einzige in der Kirche ihren Bruder nicht gehört hatten.

Ulla versuchte es erneut. Ganz dicht ging sie an Fabios Ohr:

»Sag zu Francesca, Cristina soll sofort das Armband abnehmen.«

In diesem Augenblick wurden die Glöckchen geläutet und so die Eröffnung des Gottesdienstes angekündigt. Ein Raunen ging durch den Raum und die Menschen erhoben sich und schauten zu der Tür, durch die der Priester gleich eintreten würde. Dann herrschte erwartungsvolle Stille. Fabio nutzte diese idealen akustischen Bedingungen, stellte sich auf die Zehenspitzen und rief zu seiner Schwester hinüber: »Cristina, Mama hat gesagt, du sollst sofort das Stachelarmband abnehmen.«

Ulla schloss die Augen und spürte durch die geschlossenen Lider Leos Blick auf sich ruhen. Als sie sie wieder öffnete und dabei bewusst Leos Blick auswich, sah sie, dass Cristina heftig errötete und sich schnell ihre Jacke überstreifte. Wahrscheinlich hätte sie sich eher den Arm abschlagen lassen, als Smokys Geschenk abzunehmen. Francesca prustete los und Giuseppe grinste. Marias Gesichtsausdruck war von einer stoischen Gelassenheit, ebenso der von Carmelo. Einem Kind wurde in Italien einfach alles verziehen. Gott segne diese Nation. So wichtig dort die Kirche auch war, ein Kind konnte einen Gottesdienst niemals entweihen.

Leider teilten nicht alle Besucher dieses Gottesdienstes ihre Auffassung und sandten den Roccos strafende Blicke. Nun schaute Ulla ängstlich Leo an. Seine Mundwinkel zuckten verdächtig. Er stellte sich dicht neben seine Frau und drückte leicht seinen Ellenbogen gegen ihren. Ulla fühlte sich ein wenig getröstet. In nächsten Moment gingen alle Lichter in der Kirche an und dann begann der Gottesdienst. Den Auftakt machte ein bekanntes Weihnachtslied, das die meisten Besucher lauthals mitsangen. Ullas Taschentuch hatte seinen ersten Einsatz. An das Lied schloss sich eine längere Predigt an. Als die meisten Kinder in der Kirche bereits anfingen unruhig zu werden, wurde das Krippenspiel angekündigt. Fabio verfolgte dieses aufmerksam. Das Jesuskind wurde von einer lebensgroßen Babypuppe dargestellt und trug, wie Ulla zu ihrer Erleichterung feststellte, wirklich nur eine Windel und ein Höschen. Auch Fabio hatte dies anscheinend kontrolliert, denn er nickte ihr jetzt anerkennend zu. Nicht auszudenken, wenn eine abweichende Bekleidung zu einem weiteren Disput geführt hätte. Die Schauspieler, Kinder der dritten und vierten Klasse, waren mit Enthusiasmus dabei und rührten die Zuschauer zutiefst. Fabio gab bis zum Ende der Darbietung keinen Mucks von sich. Ab und zu hörte man ein Baby weinen, was jedoch die feierliche Stimmung nicht störte. Nach ein paar abschließenden Worten des Priesters neigte sich das Ereignis dem Ende zu.

Am Schluss des Gottesdienstes wurden sämtliche Lichter wieder ausgeschaltet, so dass nur noch die Christbaumkerzen hell erstrahlten. Dann sangen alle »Stille Nacht« und zwar sämtliche Strophen. Eine unbeschreibliche Stimmung herrschte im Raum und den Roccos wurde warm ums Herz. Mama Maria rang gerührt um Fassung, wie Ulla mit einem Seitenblick feststellen konnte. Als die letzten Töne verklungen waren, erhob sich ein geschäftiges Treiben, denn alle zogen wieder ihre abgelegten Jacken und Mäntel an. Die Menschen drängten zum Ausgang. In der Zwischenzeit hatte es begonnen, zu schneien.

Nachdem Ulla ihrem Sohn noch beim Anziehen seiner Handschuhe geholfen hatte, hastete sie ihren Angehörigen hinterher und erreichte sie ein paar Meter vor dem Ausgang. Plötzlich hörte sie, wie jemand schluchzend ihren Namen rief. Ulla schaute sich um und entdeckte ein Stück weiter vorne Emma. Ihr Gesicht war tränenüberströmt und sie winkte ihr zu wie ein Ertrinkender dem Kapitän eines vorbeifahrenden Schiffes.

»Oh, nein, nicht heute!«, murmelte Ulla mit zusammengepressten Lippen. Leonardo, der die Urheberin dieses Ausbruches ebenfalls entdeckt hatte, sagte sarkastisch: »Du wirst dir ein anderes Lebensmittelgeschäft suchen müssen, sonst hast du jedes Mal Psycho-Sprechstunde, wenn ihr euch trefft.«

Zu allem Unglück kam Emma nun direkt auf die Roccos zu. Sie zog ihren Mann an seiner Jacke hinter sich her. Der Ärmste machte keinen allzu glücklichen Eindruck.

»Ulla, ich wünsche dir und deiner Familie frohe Weihnachten.« Emma hängte sich schluchzend an Ullas Hals. Ulla hatte schwarze Mascara-Spuren in Emmas Gesicht entdeckt. Sie schämte sich, dass sie während der Umarmung nur an die Reinigungskosten für ihre Jacke denken konnte.

»Ja Emma, euch ebenfalls fröhliche Weihnachten«, antwortete Ulla und schob sie ein wenig von sich weg. Emmas Mann schien peinlich berührt zu sein.

»Von wegen fröhliche Weihnachten«, brach es nun aus Emma hervor. »Meine Mutter ist vor zwei Tagen gestorben! Sie hatte uns eigentlich für heute zu sich eingeladen.« Erneut brach sie in Tränen aus.

Ulla fühlte, wie ihr unwohl wurde. Ihre Familie wartete ungeduldig darauf, nach Hause zu kommen, und sie hatte keine Ahnung, wie sie sich mit Anstand schnell aus der Affäre ziehen konnte. In ihrer Not stellte Ulla Emma ihre Schwiegereltern und Giuseppe vor. Emma schüttelte allen feierlich die Hand, dann kam ihr aufgrund der Tatsache, dass sie hier eine Großfamilie vor sich stehen hatte, wieder ihre eigene Misere in Erinnerung und sie kämpfte erneut mit den Tränen.

»Wo sind denn deine Kinder?«, wollte Ulla wissen.

»Die sind schon mit meiner Schwester vorausgegangen«, sagte Emma knapp. Dann schniefte sie:

»Wie schön, dass ihr so viele seid an diesem Tag. Da ist der Heilige Abend doch viel schöner als so alleine.«

Leonardo trat inzwischen von einem Fuß auf den anderen und sah Ulla auffordernd an. Ulla nahm Emmas Hände in die ihren.

»Das mit deiner Mutter tut mir leid, Emma. Aber dann feiert ihr heute Abend doch sicher mit deinem Vater?«

Emmas Mann erstarrte zur Salzsäule, ebenso seine Frau. Ulla sah beide fragend an. Was war denn jetzt schon wieder? In diesem Moment brach Emma hysterisch weinend zusammen. Ulla war zu Tode erschrocken und eilte Emmas Mann zu Hilfe, der gerade versuchte, seine auf den Steinfliesen der Kirche kniende Frau wieder hochzuhieven. Inzwischen hatte sich ein Kreis von Zuschauern um die Szene gebildet.

»Um Gottes willen, Ulla!«, schnauzte Emmas Mann, »Emmas Vater lebt schon lange nicht mehr.«

»Waaas?« Ulla war am Boden zerstört.

»Das habe ich dir doch vor Jahren schon erzählt«, sagte Emma.

»Bitte entschuldige, das habe ich vergessen«, stammelte Ulla und wäre am liebsten im Erdboden versunken. Sie konnte sich beim besten Willen nicht daran erinnern, dass Emma ihr jemals von ihrem Vater erzählt hatte. Was selbstverständlich nicht hieß, dass sie es nicht getan hatte.

»Oh, mein Gott, Leo«, flüsterte sie ihrem Mann ins Ohr, »was habe ich jetzt wieder angerichtet? Sag mir, dass das nicht so schlimm ist«, flehte sie.

»Reg dich nicht auf«, antwortete Leo besänftigend. »Du hast es gut gemeint. Was denkt sich Emma? Bestimmt hat sie sich außer dir niemandem so aufgedrängt. Komm, wir gehen!« Mit diesen Worten packte er Ulla am Ellbogen, winkte Emma und ihrem Mann noch einmal kurz zu und schob seine Frau energisch aus der Kirche. Auf dem Vorplatz wartete schon der Rest der Familie.

»Typisch Mama«, vernahm Ulla Francescas Stimme. »Mal wieder voll ins Fettnäpfchen getreten, was?«

Fabio tanzte selig zwischen den Schneeflocken, die dicht und reichlich vom Himmel fielen. Maria, Carmelo und Giuseppe bestaunten die weiße Pracht, so etwas bekamen sie zu Hause kaum zu sehen. Die Kinder versuchten, die Schneeflocken mit der Zunge aufzufangen und Ulla erinnerte sich daran, dass sie das als Kind ebenso gemacht hatte. Es gab Dinge, die änderten sich nie. Zu Hause angekommen bettelten die Kinder darum, einen Weihnachtsfilm anschauen zu dürfen, was Ulla gerne erlaubte. Es würde noch ein bisschen dauern, bis das Abendessen fertig war, dann konnte sie mit Maria in aller Ruhe arbeiten. Die Männer setzten sich ins Gästezimmer, um ein Gläschen Wein zu trinken und nebenher die Nachrichten aus Italien anzuschauen.

Maria und Ulla arbeiteten Hand in Hand und Ulla war dankbar, dass ihre Schwiegermutter bei den Vorbereitungen half. Genau genommen war es natürlich umgekehrt. Ulla half ihrer Schwiegermutter, denn diese hatte das Ruder an sich gerissen. Ulla musste lächeln, als sie das bemerkte. Das hatte Maria auf ihre Art wieder hervorragend gemeistert. Ulla war nicht böse. Heute nicht. Es wäre doch ein bisschen viel für sie geworden, wenn Maria nicht so beherzt mit angepackt hätte. Und beim Zusehen spähte Ulla doch ein paar Kniffe aus. Maria summte während der Vorbereitungen fröhlich vor sich hin und ließ zwischendurch ein durchdringendes »Guarda, Ulla!« verlautbaren. Ulla sah sich dann pflichtschuldigst an, was ihre Schwiegermutter ihr gerade vorführte, nickte anerkennend und beeilte sich, ein »Si, ho capito« anzufügen, was Maria mit einem Lächeln quittierte.

Als alles fertig war und Maria die appetitlich brutzelnde Ente aus dem Ofen holte, deckte Ulla den Tisch, bevor sie die ganze Mannschaft zusammentrommelte. Alle versammelten sich in kürzester Zeit unter lauten »Oohs« und »Aahs« um die gedeckte Tafel und lobten die Köstlichkeiten. Die Ente stand in der Mitte des Tisches, flankiert von Kartoffeln, Reis, Bohnen, Karotten und Erbsen sowie einer Riesenschüssel Salat. Leonardo begann, den Braten anzuschneiden. Fabio beäugte es misstrauisch.

»Was ist das, Papa?«

»Schweinefleisch.«

»Aber Francesca hat mir erzählt, wir würden einen Hasen oder eine Ente essen - so etwas esse ich nicht!«

Fabio knallte sein Besteck entschlossen auf den Tisch zurück.

Leonardo sagte zuckersüß: »Fabio, das hier ist Schweinefleisch, wir haben extra deinetwegen dieses große Stück im Backofen gebraten, okay? Und jetzt gib mir deinen Teller.«

Fabio war noch nicht restlos überzeugt.

»Einer von euch hat mich angelogen und das darf man nicht, schon gar nicht an Weihnachten!«

»Nun«, seufzte Leo, »hab' ich dich jemals angelogen?«

Das überzeugte Fabio und er ließ sich seinen Teller beladen. Francescas Lächeln wurde noch eine Spur breiter.

»Ich habe noch niemals Schweinefleisch gesehen, das so aussieht wie das hier. Außerdem riecht es komisch.«

Fabio roch verunsichert an einem Stückchen, das er bereits auf seine Gabel gespießt hatte.

Ulla kam ihrem Mann zu Hilfe.

»Du bist jetzt still, Francesca, das ist ein italienisches Schwein, das uns Nonna und Nonno extra für heute Abend aus Italien mitgebracht haben. Und nun Schluss mit dem Gerede.«

Francesca und Cristina schüttelten den Kopf ob dieser unverfrorenen Lüge, machten sich dann aber stillschweigend über ihr Menü her. Giuseppe stöhnte vor Wonne auf, als er den ersten Bissen kaute und erntete dafür einen erstaunten Blick seiner Mutter. Wahrscheinlich fühlte sich diese in ihrer Ehre als seine Leibköchin gekränkt. Das Geflügel war allein Ullas Werk. Sie hatte sich bei ihrer Großmutter sicherheitshalber nach einem idiotensicheren Rezept erkundigt. Ulla probierte ein Stück von der Ente und musste zugeben, dass ihre Großmutter wie immer Recht hatte, wenn es um Rezepte ging. Henriette war heute bei Ullas Eltern eingeladen. Eine Einladung von Ulla zu sich nach Hause hatte Henriette kategorisch abgelehnt, da ihr dort dann doch zu viele Menschen wären.

»Mir reicht es, wenn wir uns alle am Weihnachtstag bei deiner Mutter treffen, Kind«, hatte sie hinzugefügt.

Fast jeder nahm sich einen zweiten Teller. Bald war die Ente verspeist, nur noch etwas Gemüse war übrig. Aber wie Ulla ihre Schwiegermutter kannte, würde sie das auch noch irgendwie verarbeiten. Als auch der Letzte satt war, reckten und streckten sich alle und versicherten, nie wieder etwas essen zu können.

Nach dem Abendessen verzog sich der italienische Teil der Anwesenden ohne Ausnahme in das Gästezimmer, um Rai Uno einzuschalten. Der deutsche Teil zog sich, mit *einer* Ausnahme, in das festlich geschmückte Wohnzimmer zurück. Die Ausnahme stand vor dem Chaos in der Küche und fluchte leise vor sich hin. Ulla war sauer. In ein paar Minuten fing »Santa Clause« an, sie liebte diesen Film so sehr und er gehörte für sie einfach zu Weihnachten. Sie und die Kinder waren hier sowieso die Einzigen, die richtig glücklich über Weihnachten waren. Leonardo hatte noch nie einen Zweifel daran gelassen, dass er das Ganze eher als Konsumfalle denn als Fest sah. Trotzdem machte er jedes Jahr gute Miene zum offensichtlich Unabwendbaren. Für Ulla war Weihnachten anders. Pünktlich zum ersten Advent schmückte sie mit den Kindern die Fenster und war aufgeregter als alle.

In der Adventszeit fühlte sie sich von Frieden und Glück erfüllt. Ulla bestand darauf, dass die Familie jedes Jahr geschlossen den neuesten Weihnachtsfilm im Kino anschaute, was von Fabio stets begeistert aufgenommen wurde. Leonardo ging nur widerstrebend mit. Die Mädchen machten aus ihrer Abneigung gegen das alljährliche Ritual kein Hehl. Sie schauten sich im Kino und auf dem Weg dahin ständig vergewissernd um, dass sie auch ja von keinem ihrer Bekannten gesehen wurden.

An Weihnachten selbst genoss Ulla vor allem den Christbaum, die Vorfreude der Kinder und die teils antiquierten Filme, die immer wieder schön waren. Und natürlich das Essen! Dieser Gedanke holte sie in die Gegenwart zurück. Die Überreste des Mahls und das Geschirr standen noch auf dem Tisch. Ernüchterung breitete sich in ihr aus. Unwillig machte sie sich ans Aufräumen.

Auch für sie war heute Weihnachten, nicht nur für die Anderen. Klappernd räumte sie die Teller in die Spülmaschine. Auf einmal hörte sie, wie die Küchentür aufging. Sie lächelte erlöst. Anscheinend bekam sie doch noch Hilfe. War ihren Lieben endlich aufgegangen, dass sie alleine in der Küche stand? Ulla drehte sich erwartungsvoll um. Es war Leo. Der Gute!

»Ich brauche nur schnell ein Glas Wasser für meine Mutter.«

Ullas Augen füllten sich mit Tränen.

»Du, das Essen war klasse. Haben alle gesagt.«

Damit war er auch schon wieder verschwunden.

Ulla tat sich selbst furchtbar leid. Sie hatte sich den Heiligen Abend eindeutig anders vorgestellt. Sie als umschwärmter Mittelpunkt, mit Lob und Komplimenten überhäuft wegen des guten Essens, das sie zwar mit Hilfe von Maria, aber doch größtenteils allein zubereitet hatte.

Wieder ging die Tür. Ulla versuchte sich zu beherrschen.

»Kann ich dir helfen, Mama?« Ulla glaubte, sich verhört zu haben.

Sie drehte sich ungläubig um. Francesca stand mit bedrückter Miene vor ihr.

»Der Film hat gerade angefangen, ich helfe dir, dann schaffen wir es schneller, okay?«

Ulla umarmte Francesca. Wer hätte das gedacht? Ausgerechnet die Terminatorin der Familie hatte die Suizidgefährdung der Köchin und Putzfrau erahnt. Unter Mithilfe von Francesca war das Chaos tatsächlich in kurzer Zeit bewältigt und Ulla drückte sie am Schluss noch einmal fest an sich.

»Ist schon okay«, winkte Francesca großzügig ab. »Ich finde es voll den Hammer, dass du am Heiligen Abend allein in der Küche stehen sollst.«

»Was machen denn Corleones?« Ulla zwinkerte Francesca zu.

»Die ziehen sich irgendeine katholische Messe rein«, antwortete Francesca.

Ulla grinste.

»Geschieht Papa ganz recht, findest du nicht?«

»Ja, der sieht nicht gerade glücklich aus. Aber aus der Geschichte kommt er heute Abend wohl kaum mehr raus, so wie er getönt hat, er kann die Weihnachtsfilme nicht mehr sehen.« Ullas Grinsen wurde breiter.

»Also los, dann ziehen wir uns den Santa Clause rein.«

Ulla machte es sich zwischen Francesca und Fabio auf dem Sofa bequem. Cristina saß im Sessel. Sie aßen »verbotenerweise« Plätzchen. Leo hasste es, wenn im Wohnzimmer gegessen wurde, aber da Francesca in der Werbepause mit einem strahlenden Lächeln den italienischen Verwandten einen Teller mit Plätzchen kredenzt hatte und Nonna, Nonno und natürlich Giuseppe sich begeistert darüber hermachten, konnte Leo nur noch zähneknirschend zuschauen.

Der Film war wunderschön. Ulla und die Kinder genossen ihn. Zweimal kam Leo ins Zimmer, setzte sich jovial dazu und versuchte, Smalltalk zu machen. Bei seiner ersten Stippvisite beachtete ihn niemand, so dass er gekränkt nach wenigen Minuten wieder abzog. Als das zweite Mal die Tür aufging, grinsten Ulla und die Mädchen. Fabio war wie hypnotisiert vom Film. Diesmal ließ sich Leo aber nicht abservieren. Er quetschte sich neben Ulla und begann, ihren Rücken zu streicheln.

»Na, ist der Film schön?«

»Mmh.«

»Freust du dich, dass wir alle so schön beisammen sind?«

»Mmh.«

»Was gibt es denn morgen bei deiner Mutter?«

»Mensch Leo, lass mich in Ruhe den Film anschauen, ich habe schon den Anfang verpasst, weil ich ewig in der Küche gestanden bin.«

Beleidigt erhob sich Leonardo und rauschte ab.

Francesca und Cristina kicherten, als Ulla sagte: »Also, wenn euer Vater ein schlechtes Gewissen hat, gefällt er mir am allerbesten.«

Nachdem der Film zu Ende war, erhob sich Ulla und sagte: »Fabio, los Abmarsch. Sag im Nebenzimmer Gute Nacht.«

Fabio protestierte nur schwach, er war sichtlich müde.

»Nur, wenn du dich mit mir hinlegst, Mama.«

»Überredet.« Ulla konnte sich selbst kaum noch auf den Beinen halten.

»Was ist mit euch?«, fragte sie ihre Töchter.

»Ich möchte noch aufbleiben, Mama, nachher kommt ein megageiler Film!« Francescas Augen bettelten.

»Ich auch.« Ausgeschlossen, dass Cristina vor ihrer jüngeren Schwester zu Bett gehen würde.

»Okay, macht das, ich gehe jetzt jedenfalls Energie tanken für morgen.«

Ulla küsste ihre Töchter auf die Wangen und ging nach nebenan, um eine Gute Nacht zu wünschen.

Leonardo, Giuseppe, Maria und Carmelo saßen wie die Ölsardinen auf dem Sofa und bemerkten überhaupt nicht, dass Ulla den Raum betreten hatte. Erst als sie sich vernehmlich räusperte, drehten sich die Köpfe schlagartig zu ihr. Fabio hatte sich dicht an sie geschmiegt und verfolgte dabei interessiert das italienische Programm.

»Buona Notte!« Ulla lächelte in die Runde.

»Buona Notte«, kam es vierstimmig zurück.

»Was, gehst du schon ins Bett?«, fragte Leonardo, hatte aber seine Augen schon wieder auf den Bildschirm gerichtet. Ulla sparte sich eine Antwort und ging mit Fabio nach oben. Sie hatte es gewusst. Sobald der Clan vereint war, war sie nur noch Nebensache.

Fabio und Ulla putzten sich die Zähne, dann kuschelten sie sich in Ullas Bett. Kurz darauf war Fabio eingeschlafen. Ulla stand leise auf und ging nach unten. Sie holte Leonardo, der ihr half, die Geschenke aus ihrem Versteck zu holen und um den Christbaum zu drapieren. Der neue Rudolph wurde vor dem Baum aufgestellt. Ulla umarmte Leo.

»Ich freue mich so auf morgen, du auch?«

Leo kniff sie in die Wange.

»Das haben wir alles schön organisiert, bestimmt wird es ein wunderbares Weihnachtsfest.« Ulla nickte und verabschiedete sich noch einmal, bevor sie endgültig schlafen ging.

Gegen Mitternacht erwachte Ulla wegen eines Lärms, dessen Ursprung nur eine Büffelherde sein konnte. Sie fuhr hoch, schaute auf den Wecker und sank dann stöhnend zurück in die Kissen. Fabio war glücklicherweise nicht aufgewacht. Leonardo und sein Gefolge trampelten die Treppen hoch ins Badezimmer, als ob sie allein auf der Welt wären. Hoffentlich waren Cristina und Francesca nicht davon gestört worden. Als Leonardo schwungvoll die Türklinke des gemeinsamen Schlafzimmers herunterdrückte, keifte Ulla: »Sag mal, spinnt ihr? Um diese Zeit noch solchen Lärm zu machen? Wenn das die Kinder wären!«

Leonardo starrte Ulla verständnislos an?

»Wieso, wir waren doch ganz leise.« Während er das sagte, hob er Fabio vorsichtig aus dem Bett und trug ihn in sein eigenes Zimmer. Ulla gab es auf. Das Schlimme an diesem Mann war, dass er sich niemals einer Schuld bewusst war. Leonardo konnte die Dinge stets so darstellen, dass Ulla sich schuldig fühlte. Ulla beschloss, sich nicht aufzuregen und endlich zu schlafen. Sie hörte noch Leonardos gleichmäßiges Schnarchen, er schlief den Schlaf der Gerechten, lange bevor sie wieder einschlief. Ulla hatte ihrer Wahrnehmung nach höchstens ein paar Minuten geschlafen, als sie wieder aufwachte, weil sie erst einen Plumps und dann kleine Schritte hörte. Fabio!, schoss es ihr sofort durch den Kopf. Im Nu war sie aus dem Bett und warf einen schnellen Blick auf ihren Wecker. Es war genau 3.15 Uhr. Sie huschte hinaus auf den Flur und erwischte Fabio gerade noch am Ärmel seines Pyjamas, bevor er die Treppe hinuntersteigen konnte.

»Schätzchen, wo willst du denn hin?«

Fabio schaute sie groß an und flüsterte: »Ich glaube, der Weihnachtsmann ist unten. Ich habe die Glöckchen von seinem Schlitten gehört. Bist du auch davon aufgewacht, Mama?«

»Ich habe ein lautes Geräusch gehört, deshalb bin ich aufgewacht«, entgegnete Ulla wahrheitsgemäß.

»Ja, das ist, weil der Schlitten auf unserem Dach gelandet ist. Rudolph ist bestimmt dabei. Ich möchte nachschauen gehen.«

»Das geht nicht, Fabio. Du weißt doch, dass der Weihnachtsmann nicht beobachtet werden möchte. Wenn wir jetzt runtergehen, dann geht er vielleicht, ohne uns Geschenke dazulassen. Das willst du doch nicht, oder?«

Fabio schüttelte den Kopf.

»Na siehst du, dann tun wir am besten so, als ob wir gar nichts gehört hätten und schlafen weiter, einverstanden?«

»Ich kann jetzt aber nicht mehr schlafen, Mama, ich bin zu aufgeregt. Ob Rudolph zu mir zurückkommt?«

»Willst du bei mir im Bett schlafen?«

Fabio war sofort einverstanden. Im Bett kuschelte er sich eng an seine Mutter. Leonardo grunzte etwas Unverständliches und Ulla und Fabio fingen leise an zu lachen. Ulla küsste ihren Sohn und flüsterte: »Jetzt wird geschlafen, okay? Umso schneller wird es Morgen.« Nach einigen Minuten atmete Fabio tief und regelmäßig.

Das war noch mal gutgegangen. Ulla dankte ihrem Schöpfer für ihren leichten Schlaf. Sie machte sich vorsichtig von Fabio los, der sie im Schlaf eng umschlungen hielt, und ging nach unten ins Wohnzimmer, um die Christbaumbeleuchtung einzuschalten. Es sah wunderschön aus mit den bunt verpackten Geschenken, und der Nachfolger von Rudolph grinste sie bezaubernd an. Ulla war überglücklich beim Anblick dieses Szenariums. Sie machte sich wieder auf den Weg ins Bett und hoffte, dass sie noch ein paar Stunden Schlaf abbekommen würde.

Genau um 5.50 Uhr erwachte Ulla wieder, als Fabio sich aus dem Bett schlich und sich auf den Weg ins Wohnzimmer machte. Sie seufzte, während sie die unchristliche Zeit registrierte. Es war ausgeschlossen, dass sie Fabio jetzt noch einmal ins Bett verfrachten konnte. Nächstes Jahr würde die Bescherung wieder am Heiligen Abend stattfinden, das schwor sie sich. Sie stieß Leonardo in den Rücken und sagte: »Dein Sohn ist wach und auf dem Weg nach unten.«

Leonardo bewegte sich nicht. Ulla knipste das Licht an und versetzte Leonardo noch einen Stoß. Diesmal fiel der Schubs notgedrungen kräftiger aus. Mit einem Ruck schoss Leonardo in die Höhe und blinzelte Ulla irritiert an.

»Ich sagte, Fabio ist bereits unten. Was machen wir jetzt?«

Nach einem Blick auf die Uhr ließ er sich stöhnend zurück in die Kissen fallen und raufte sich verzweifelt die Haare. In diesem Moment gellte ein Freudenschrei durchs ganze Haus.

»Rudolph!« Ulla und Leo sagten es gleichzeitig.

Dann hörten sie eilige Schritte auf der Treppe. Die Tür wurde aufgestoßen und schlug mit lautem Krachen gegen die Wand. Fabio hatte Rudolph auf dem Arm und hielt ihn triumphierend seinen Eltern entgegen.

»Seht ihr, ich wusste, er kommt zu mir zurück.« Dann küsste er sein Kuscheltier und drückte es innig an sich. Ullas Augen füllten sich mit Tränen.

»Siehst du Schatz, und er ist tatsächlich gewachsen, wie du gesagt hast.«

»Ja Mama, aber du hast es mir nicht geglaubt. Ich habe es gewusst.«

Leonardo machte gerade Anstalten, die Augen wieder zu schließen, doch Fabio rüttelte ihn am Arm.

»Wir müssen alle nach unten gehen, überall liegen Geschenke, komm schnell.«

Leonardo murmelte etwas Italienisches, das sicher nichts Gutes bedeutete, und wickelte sich wieder in seine Decke ein.

»Steh auf!« Ulla boxte ihn nochmals in die Seite, dann zog sie die Decke von seinen Schultern und blieb auffordernd vor dem Bett stehen, bis Leonardo sich wenigstens in eine senkrechte Position gebracht hatte.

»Ich gehe nach unten und mache Kaffee.«

Fabio stürmte zu seinen Schwestern und zeigte ihnen unter lautem Freudengeschrei seinen Rudolph. Beide schrien sofort wütend nach ihrer Mutter. Ulla ging zu ihren Töchtern und sah sich mit einer Schimpfkanonade konfrontiert. Sie konnte es ihnen nicht verdenken. Wer hätte gedacht, dass die Bescherung in der Morgendämmerung stattfinden würde? Ulla erinnerte ihre Töchter daran, dass man auch ihnen ihren Glauben so lange wie möglich gelassen hatte und dass Fabio zu ihrem Pech eben noch immer an den Weihnachtsmann glaubte.

»Dieser Blödmann glaubt bestimmt noch zehn Jahre daran.«

Typisch Francesca.

»Schämst du dich nicht? Du hast mit acht Jahren noch an den Osterhasen geglaubt. Deine Schwester dagegen schon mit sieben Jahren nicht mehr. Haben wir nicht immer alle schön um deinetwillen mitgespielt?« Ulla schäumte.

»Das hättet ihr mal besser gelassen. Wie peinlich kam denn das, als ich von Klassenkameraden erfahren musste, was abgeht? Ich dachte, ihr wüsstet selbst nicht Bescheid, weil ihr immer so euphorisch mitgemacht habt. Ich hatte fast Angst, euch aufzuklären zu müssen, so war das!« Empört stieß Francesca die Bettdecke von sich und ergab sich mit böser Miene in ihr Schicksal.

Inzwischen war Fabio im Zimmer seiner Großeltern angelangt, die ihn staunend anschauten und kein Wort verstanden. Leonardo kam hinzu und erklärte die Dringlichkeit des nun folgenden Aktes. Nonna und Nonno hatten Gott sei Dank Verständnis und standen auf. Sie schlurften ins Badezimmer, um ihre Gebisse einzusetzen. Ulla nahm dies zum Anlass, ihre Töchter zu ermahnen.

»Seht ihr, sogar Nonna und Nonno machen mit, obwohl sie Weihnachten bei sich zu Hause nie gefeiert haben.«

»Wer so alt ist wie die, der braucht ja wohl auch keinen Schlaf mehr. Die sind eh bald tot«, parierte Francesca.

Cristina begann zu lachen, dann knuffte sie Francesca freundschaftlich.

»He, mir stinkt das auch, aber jetzt machen wir halt mit. Außerdem bin ich neugierig, was ich bekomme, du nicht?«

Cristina hatte anscheinend die richtige Sprache gesprochen. Francesca zog sich den unvermeidlichen seidenen Morgenmantel über. Ulla ging kopfschüttelnd in die Küche, um die Espressomaschine einzuschalten. Während sie das Tablett mit den Tassen vorbereitete, hörte sie fröhliches Geplauder und Gelächter aus dem Wohnzimmer.

»Ulla, wir warten!«, tönte Leonardos Stimme von nebenan.

»Wenn du mir hilfst, geht's vielleicht flotter«, flötete Ulla zurück.

Leonardo kam sofort herein.

»Entschuldige, ich musste Fabio davon abhalten, die Päckchen abzutasten.«

Gemeinsam brachten sie den Kaffee nach nebenan. Für Fabio gab es Kakao. Dann begann die Zeremonie. Alle saßen mehr oder weniger zitternd da, die Heizung hatte ihre Arbeit so früh am Morgen noch nicht aufgenommen. Sie umklammerten ihre Tassen, während Leonardo sich eine rotweiße Zipfelmütze aufsetzte und das erste Päckchen in die Hand nahm. Er las Carmelos Namen vor. Fabio brachte seinem Großvater das Päckchen und setzte sich auf seinen Schoß. Zum Vorschein kamen ein Paar Socken, über die sich Carmelo zu freuen schien. Ulla hatte diese Geschenke in letzter Minute noch besorgt. Da konnte man keine Gehirnverrenkungen von ihr erwarten. Für Nonna, die als nächste dran war, hatte der Weihnachtsmann ein Schaumbad gebracht. Für Giuseppe ein Rasierwasser, für Cristina die neueste CD der Heavy-Metal-Gruppe, vor deren Konterfeis Ulla so manche Gebetsstunde verbracht hatte. Das Mindeste was Ulla zur Wiedergutmachung beitragen konnte, war, die Verkaufszahlen mit dem Kauf einer CD in die Höhe zu treiben. Außerdem erhielt Cristina Bücher, ein Parfum und einen Kinogutschein. Cristina war überglücklich. Francesca bekam ebenfalls Bücher, Bettwäsche mit asiatischen Schriftzeichen, einen Gutschein für einen Chinesisch-Kochkurs sowie einen schwarzroten Kimono, der den geheimen Auftrag hatte, ihr Irma-La-Douce-Gewand abzulösen. Francesca maulte natürlich, dass ihr Single-Urlaub nicht klappte, der einzige sehnliche Wunsch, den sie gehabt hatte. Leonardo bekam drei Flaschen teuren Rotwein, jede Flasche mit einem besonderen Etikett, auf dem sich sein Konterfei sowie eine liebevolle Widmung von seiner Frau befanden. Dazu noch sein Lieblings-Duschgel. Ulla konnte sich über einen wunderschönen Ring und ein neues Buch freuen. Fabio hatte ebenfalls noch Bücher sowie ein Spiel erhalten. Alles in allem waren die Familienmitglieder mit den Geschenken zufrieden. Sie lächelten sich zu, vermieden es jedoch, sich beieinander zu bedanken, damit Fabio keinen Verdacht schöpfen konnte. Aber wahrscheinlich hätte Fabio sowieso nichts bemerkt. Er war selig mit seinem Rudolph und hatte für seine anderen Geschenke kaum einen Blick übrig.

Nach der Bescherung begaben sich alle in die Küche, wo Ulla und Leonardo das Frühstück zubereiteten. Es wurde ein schöner, weihnachtlicher Vormittag. Die Kinder benahmen sich ausnahmslos friedlich. Die Erwachsenen saßen lange am Tisch und unterhielten sich. Mittags gab es nur eine kleine Mahlzeit, da man um 17.00 Uhr bei Elisabeth zum Essen eingeladen war. Um 15.00 Uhr schlossen sich Cristina und Francesca im Badezimmer ein, um sich für das festliche Ereignis fertig zu machen. Ullas Schwiegereltern hatten sich nach der kleinen Mittagsmahlzeit noch eine Weile hingelegt, damit sie für den Nachmittag gerüstet waren. Giuseppe, Leonardo, Fabio und Ulla spielten zum Zeitvertreib »Mensch ärgere Dich nicht«. Endlich war es so weit. Eine Viertelstunde bevor sie bei Elisabeth erwartet wurden, ging Ulla nach oben, um sich frisch zu machen und umzuziehen. Sie öffnete die Badezimmertüre und prallte zurück, als sie ihre Töchter noch inmitten der Vorbereitungen stecken sah.

»Was, um Himmels willen, habt ihr eigentlich bis jetzt gemacht?«, fuhr sie die beiden an, »ihr seid geschlagene zwei Stunden hier drin. Raus! Jetzt bin ich dran.«

»Wir haben Frisuren ausprobiert, ist das jetzt auch verboten?« Francesca schaute Ulla herausfordernd an.

»Wenn du nicht in fünf Minuten fertig bist, gehen wir nach den Weihnachtstagen zum Friseur, dann hast du ein Problem weniger, verstanden?« Ulla ertappte sich bei dem Wunsch, ihre Tochter übers Knie zu legen. Francesca schien die ungünstige Stimmung zu wittern, murmelte nur: »Ja ja, ist ja schon gut«, und verzog sich.

Cristina umarmte ihre Mutter. »Mama, wir haben nur rumprobiert und meine neue CD dabei gehört. Die ist echt geil. Darf ich dir mein Lieblingslied vorspielen?«

Ulla gab nach.

»Aber in zehn Minuten spätestens müssen wir hier weggehen, sonst flippt deine Großmutter aus, okay?«

»Geht klar!« Cristina schaltete den CD-Player wieder ein, welchen sie beim Erscheinen ihrer Mutter schnell ausgemacht hatte und suchte den gewünschten Titel.

Während Ulla sich wusch und in einen frischen Pullover schlüpfte, wurde sie mit etwas beschallt, was sicherlich ein Lied sein mochte, aber Ulla konnte beim besten Willen keinen Rhythmus oder eine Melodie erkennen. Der Bass war hämmernd und der Sound in einer für ihr Gehör irrsinnigen Art schräg. Der einsetzende Gesang des Leadsängers verschlimmerte das Ganze noch. Er hätte mit seinem Organ einer Kreissäge Konkurrenz machen können. Ulla schaute Cristina an, als zweifle sie an ihrem Verstand.

»Das ist dein Lieblingslied?«

»Ja, das ist total geil, musst du doch zugeben. Und der Typ, der ist verdammt heiß. Wenn der singt, bekomme ich richtig Gänsehaut. Verstehst du, was ich meine?« Cristina verdrehte verzückt die Augen.

»Ja, eine Gänsehaut habe ich jetzt auch«, entgegnete Ulla. Als das Lied endlich zu Ende war, hasteten sie nach unten, wo die anderen schon fertig angezogen auf sie warteten. Eilig machten sie sich auf den Weg. Nach zehn Minuten Fußmarsch standen sie vor Ullas Elternhaus. Sie klingelten und Anna öffnete die Haustür. Ulla ließ einen erstaunten Blick über ihre Nichte gleiten.

»Ein schönes Nachthemd. Hast du das vom Christkind bekommen?«

Anna schoss die Treppe hoch und stürmte mit lautem Schluchzen zu ihrer Mutter, deren besorgte Stimme alle sofort vernahmen. Ulla stand mit ihren Lieben unschlüssig am Hauseingang und überlegte, was sie gerade wieder angerichtet haben könnte, als endlich Elisabeth herauskam.

»Oh, hat Anna schon aufgemacht? Wo ist sie eigentlich?«

Ulla umarmte Elisabeth und antwortete: »Oben, ich glaube, ich habe etwas Falsches gesagt.«

Elisabeth bat ihre Gäste ins Esszimmer, wo sie den Tisch schon liebevoll gedeckt hatte. Heinz begann sofort, jedem Getränke anzubieten. Mitten im Gespräch kam Doris mit Anna an der Hand ins Wohnzimmer. Lächelnd klärte sie die Anwesenden auf, dass Anna gekränkt sei, weil das Kleid, das das Christkind ihr gebracht hatte, zum Nachthemd degradiert worden war. Dabei betrachtete sie zuerst Ulla, dann Leo mit einem herausfordernden Blick.

»Entschuldige bitte«, sagte Ulla, »wadenlanges Kleid, babyrosa, überall Schleifchen, ich habe so was zum Schlafen an.« Es war als Scherz gedacht, doch Anna schluchzte erneut gequält auf. Beschützend schlang ihre Mutter sofort die Arme um sie und zog sie ein Stück von Ulla weg.

»Es ist ein Kleid, wie schon gesagt, liebe Ulla. Ihr seid übrigens die Einzigen, die es nicht erkannt haben. Mehr möchte ich darüber jetzt nicht sagen. Es ist Weihnachten und wir wollen doch ein schönes Familienfest haben.«

Doris setzte sich ebenfalls an den Tisch und zog Anna auf den Stuhl neben sich.

Carmelo, Maria und Giuseppe hatten den Wortwechsel interessiert verfolgt. Leonardo hatte genug von dem ganzen Auftritt. Er winkte nur ab und gab damit zu verstehen, dass es nicht der Mühe wert war, dies wiederzugeben.

»Ulla, wenn ich das übersetze, würden sich meine Eltern wundern, dass es bei dem ganzen Aufstand hier nur um ein Nachthemd geht. Von etwas Geringerem als einem Mord sind sie bestimmt enttäuscht.«

»Kleid, Leonardo, nicht Nachthemd«, bemerkte Doris.

Anna rannte aus dem Zimmer. Nun fingen auch Francesca, Cristina sowie Sven zu lachen an.

Doris fixierte ihren Sprössling.

»Du solltest dich schämen, deine Schwester auszulachen.«

»Ach Mama, Papa und ich haben auch zuerst geglaubt, es sei ein Nachthemd.«

»Schlimm genug, und jetzt hat sie das teure Kleid ausgezogen und weigert sich, zum Essen herunterzukommen.«

»Gott sei Dank«, konterte Sven, »dann haben wir mehr.«

Nun trat auch Rüdiger in den Raum. Er grüßte alle und setzte sich ebenfalls an den Tisch. Elisabeth begann das Essen auf den Tisch zu stellen. Rüdigers Blick schweifte über die Runde.

»Wo ist Anna?«

»Oben, und sie weigert sich herunterzukommen«, antwortete seine Frau.

Rüdiger begann, sich den Teller voll zu laden.

»Willst du nicht wissen warum?«

»Nein, eigentlich nicht, ich esse jetzt.«

Es gab Frikadellen, Rinderrouladen, Schweinerückensteaks, Kartoffelbrei, Nudeln sowie verschiedene Gemüsesorten. Für jeden Geschmack etwas.

Nun wurde Elisabeth nervös.

»Wo bleibt Anna denn, Doris? So geht das nicht. Sie soll jetzt sofort zum Essen kommen, sonst wird alles kalt.«

Auch der Rest der Familie griff inzwischen nach den Schüsseln. Leonardo war seinen Eltern behilflich und Giuseppe fühlte sich wie zu Hause und bediente sich selbst.

Ulla bemerkte, dass ihre Schwägerin immer noch nicht aß. Außer ihr schien das niemand zu beachten. Auch Urgroßmutter Henriette ließ es sich schmecken.

»Jetzt fang schon an, Doris, Anna wird schon kommen, wenn sie Hunger hat.«

Elisabeth eilte ihrer Schwiegertochter zu Hilfe.

»Ulla, es ist gut. Du verstehst eben nicht wie das ist, wenn man sensibel ist.«

Ulla zog ihre Augenbrauen zusammen, und Elisabeth sprach weiter: »Gott sei Dank, liebes Kind. Ich bin wirklich froh, dass dir diese Sensibilität erspart geblieben ist. Aber sei bitte so gut und verurteile Menschen nicht, die feinfühliger sind als du.«

Elisabeth bemerkte nun, dass alle sie anstarrten. Alle, mit einer Ausnahme: Uroma Henriette hatte entweder nichts gehört oder sie hatte beschlossen, nichts zu hören. Sie aß.

Ulla zuckte die Achseln. Es war Weihnachten. Vielleicht war sie doch zu forsch gewesen. Sie beschloss, nichts mehr zu sagen. Die Anderen folgten ihrem Beispiel. Es war ein alter Witz in der Familie, dass nichts Henriettes Appetit beeinträchtigen könne. Diese göttliche Eigenschaft hatte ihren Ursprung sicher in ihrer Lebensgeschichte.

Henriette, die Veteranin an dieser Tafel, war vor 85 Jahren in Norddeutschland geboren worden und hatte den Krieg als junge

Frau erlebt. Natürlich musste sie, wie alle damals, mit den Nahrungsmitteln sparsam umgehen und war während dieser mageren Jahre dazu gezwungen, Reste wiederzuverwerten. Obwohl sich nach Kriegsende und der Rückkehr ihres Mannes aus Russland ihre wirtschaftlichen Verhältnisse schnell besserten, hielt sie an der sparsamen Haushaltsführung fest.

»Das bekommt man aus uns nicht mehr heraus«, pflegte sie zu sagen. »Die Angst, es könnte sich wiederholen, sitzt meiner Generation ständig im Nacken.«

Ulla und ihr Bruder hatten als Kinder oft bei ihrer Großmutter gegessen. Während dieser Zeit litten sie häufig unter heftigen Magen-Darm-Krämpfen, die stets auf einen Virus zurückgeführt wurden. Henriette klagte niemals über Beschwerden. Erst als Ulla ihren eigenen Haushalt gründete und sich umständehalber mehr mit den Eigenschaften der verschiedenen Lebensmittel beschäftigte, begriff sie langsam Henriettes Lebensweise. Henriette konnte nichts wegwerfen. War ein Brot schimmelig, wurde der befallene Teil weggeschnitten. War ein Würstchen weiß angelaufen, wurde es unter einem Wasserstrahl abgewischt. War ein Gericht, das sie beispielsweise mehrfach eingefroren und wieder aufgetaut hatte, schon anhand seines Geruchs eindeutig ungenießbar, wischte sie die Einwände ihrer Verwandten einfach weg.

»Ach, was seid ihr alle empfindlich!« Sie nahm jede Mahlzeit ohne Spätfolgen zu sich. Henriettes Mann, der nach dem Krieg bis zu seinem Tode vor über 25 Jahren unter einem empfindlichen Magen litt, wurde von seiner Frau unermüdlich bekocht. Alle paar Wochen kränkelte ihr Mann. Das wurde auf eine alte Kriegsverletzung zurückgeführt. Als er im Alter von 64 Jahren plötzlich verstarb, machte sich Henriette eine Zeitlang die größten Vorwürfe, ihm keine Diätkost zubereitet zu haben.

»Der arme Willi. Jetzt habe ich ihn runtergekocht!«

Dieser Ausspruch sorgte noch bei den nachfolgenden Generationen für Heiterkeit.

Henriette blieb ihrer Kochweise treu. Krank war sie niemals. Ihr Magen hatte entweder eine Hornhaut entwickelt, oder die Kriegsgeneration war tatsächlich härter im Nehmen. Ein Blick

Ullas zu ihrer Schwiegermutter, die ebenfalls dieser Generation angehörte, belehrte sie eines Besseren. Maria kaute eben an einer Frikadelle. Sie verzog ihre Mundwinkel leicht angewidert, betrachtete misstrauisch das Stück Fleisch auf ihrer Gabel, schaute nach rechts und links, fühlte sich beobachtet und schob, um niemanden zu beleidigen, das nächste Stück mit Todesverachtung in ihren Mund. So kannte Ulla ihre Schwiegermutter. Sie aß grundsätzlich alles und gerne. Ulla nahm selbst ein Stück ihres Fleischklößchens. Es schmeckte abscheulich und erinnerte sie an die Frikadellen, die sie einmal an der Nordsee gegessen hatten. Sie waren damals mit Fisch zubereitet. Das war bei Elisabeths Rezeptur ausgeschlossen.

Ulla stieß Leonardo unter dem Tisch an und bedeutete ihm, er möge seine Finger von den Frikadellen lassen. Cristina und Francesca hatten die ihren nach dem ersten Bissen schon unter den Beilagen beerdigt, Rüdiger verzog ebenfalls sein Gesicht und betonierte den Restbestand in den Kartoffelbrei ein. Giuseppe und Carmelo kauten gottergeben auf ihrem Essen herum und spülten mit viel Wasser nach. In Ulla stieg ein Kichern auf, das sie nur mühsam unterdrücken konnte. Doris saß Ulla schräg gegenüber. Auch sie hatte eine Frikadelle, welche sie nach dem ersten Bissen kritisch in Augenschein nahm. Elisabeth waren diese kleinen Szenen nicht entgangen.

»Stimmt etwas nicht?«

»Doch, doch«, kam die vorschnelle Versicherung von allen Seiten.

»Ihr könnt es mir ruhig sagen«, beharrte Elisabeth.

Sie hatte inzwischen den Tisch zum dritten Mal umrundet und Heinz würde demnächst ausrasten. Ulla konnte es an der Ader auf seiner Stirn erkennen. Sie biss sich auf die Lippen und senkte ihren Kopf über den Teller.

»Also alles in Ordnung? Dann bin ich ja froh.« Elisabeth setzte sich auf ihren Platz und nahm das Besteck in die Hand.

Fabio, den seine Jugend noch nicht gelehrt hatte, die Dinge unter den Teppich zu kehren, wandte sich an seine Großmutter.

»Oma, an deiner Stelle würde ich die Frikadellen nicht essen, die schmecken ekelhaft. Ich habe meine dem Papa gegeben, der hat sie auch nicht gegessen.« Dann aß er weiter. Er hatte seine Mission erfüllt.

Elisabeth schöpfte eine Frikadelle auf ihren Teller, schnitt ein Stück davon ab und schob es in den Mund. Sie kaute mit unbewegter Miene.

»Ihr braucht das nicht zu essen«, stammelte sie schließlich unter Würgen. »Opa bekommt morgen den Rest, dann brauche ich wenigstens nicht zu kochen.«

Opa Heinz, dem diese Ankündigung den Angstschweiß auf die Stirn trieb, nahm einen Schluck von seinem Bier und herrschte seine Schwiegertochter an:

»Kannst du jetzt vielleicht mal dafür sorgen, dass deine Tochter hier zu uns an den Tisch kommt?«

»Ja wie denn? Ich habe schon mal gesagt, dass sie das Kleid ausgezogen hat und sich weigert, etwas Anderes anzuziehen. Soll sie vielleicht halbnackt hier am Tisch sitzen?«

»Lass sie gefälligst in Ruhe, Heinz, du hast keine Ahnung, wie das ist, wenn man bloßgestellt wird«, schaltete sich Elisabeth ein.

Heinz nahm einen weiteren Schluck.

»So, ich habe keine Ahnung wie das ist, liebe Elisabeth? Und was war letztes Jahr bei der Weihnachtsfeier in meiner Firma?«

Elisabeth errötete. »Wenn du das jetzt erzählst, gehe ich.«

»Ich auch«, fügte Doris hinzu.

»Wieso soll Opa das nicht erzählen?« Francesca lächelte lieblich in die Runde.

»Och ja, bitte!«, bettelte Sven.

Doris schaute ihren Sprössling an, dann ihren Mann.

»Rüdiger, kannst du bitte auch mal was sagen?«

Dieser wandte sich an seinen Sohn.

»Möchtest du noch ein Stück von den Frikadellen, Sven?« Sven grinste seinen Vater an.

»Nein danke, zum Sterben bin ich noch zu jung. Aber das Rezept kannst du mir verraten, Oma, vielleicht kann ich das mal gebrauchen.«

Nun lachten alle am Tisch, mit Ausnahme der mediterranen Gäste, die kein Wort verstanden hatten, und Elisabeth, die mit den Tränen kämpfte.

»Ihr wisst genau, dass ich die Frikadellen fertig gekauft habe, meine schmecken anders.«

Doris sah ihren Sohn wütend an.

Leonardo redete beruhigend auf seine irritierten Eltern ein. Sie nickten mit dem Kopf, lächelten und aßen weiter.

»Was hast du zu ihnen gesagt«, wollte Ulla wissen.

»Ich habe nur gesagt, es sei hier in Deutschland ganz normal, Witze über makabre Sachen zu machen.«

»Gut gemacht, Junge.« Heinz schlug ihm freundschaftlich auf die Schultern. Dann prostete er seinen Gästen zu. Sein Gesicht war rot und er nuschelte leicht.

»Also, eure Großmutter und das Weihnachtsfest in meiner Firma, da waren wir stehen geblieben, stimmt's?«

Elisabeth und Doris erhoben sich gleichzeitig und verließen das Zimmer.

Obwohl alle außer den italienischen Verwandten die Geschichte kannten, war es doch immer wieder aufregend, wenn Heinz sie erzählte. Er tat es in der Regel leicht alkoholisiert, und wenn Elisabeth ihn geärgert hatte. Doch er tat es niemals in Anwesenheit von Gästen. Nun waren jedoch beide Faktoren zusammengetroffen, und Heinz konnte sich nicht mehr bremsen.

»Es war bei einer Weihnachtsfeier meiner Firma. Mein Chef hatte alle Mitarbeiter mit ihren Ehepartnern eingeladen. Leonardo, du kannst das deinen Leuten ruhig übersetzen, wir sind ja eine *grande* Familie, nicht wahr?«

Leonardo nickte und bereitete seine Eltern und seinen Bruder auf die Geschichte vor.

»Also«, Heinz nahm einen kräftigen Schluck, »Oma hatte gerade wieder einmal ihre sensible Zeit, ihr kennt das ja, Kinder, und wir saßen mit langjährigen Kollegen und deren Frauen am Tisch. Mein Chef hielt eine tolle Rede mit Jahresrückblick und erwähnte natürlich auch die einzelnen Mitarbeiter lobend. Danach eröffnete er das Buffet. Oma war schon Tage lang nervös und hatte Tabletten geschluckt. Trink am besten nur Mineralwasser, hatte ich zu ihr gesagt. Und was macht diese Frau? Während die anderen Frauen sich ihren Teller am Buffet füllen, kippt sie einen

Schnaps hinunter. Aus reinem Trotz hat sie das getan. Nur diese nordischen Fischköpfe vertragen so viel Schnaps. Sie kann ihre Herkunft nicht verleugnen.« Wie auf Kommando blickten alle zu Henriette, die sich eben einen Schnaps genehmigte und sich offensichtlich nicht im Geringsten angesprochen fühlte.

Leonardo übersetzte flüsternd für seine Verwandten. Die Kinder saßen mit offenem Mund am Tisch.

»Ich habe eurer Großmutter einen schönen Teller vom Büffet zusammengestellt, aber stur wie ein Esel hat sie sich geweigert, etwas zu essen. Stattdessen hat sie angefangen, Witze über meinen Chef zu erzählen. Ich hatte ihr just am Tag davor von einer Auseinandersetzung mit ihm erzählt. Eine Lappalie nur, die ich aber irgendwo loswerden musste. Natürlich haben meine Kollegen mitgelacht. Ich wäre am liebsten in einem Erdloch verschwunden. Doch meine geliebte Frau gab sich damit nicht zufrieden. Sie hatte sich ganz offensichtlich vorgenommen, die Animateurin an unserem Tisch zu spielen …«

Heinz tupfte sich mit seiner Serviette die Stirn ab. Er hatte sich in Eifer geredet.

»Eure Großmutter legte vor der versammelten Mannschaft eine gelungene Parodie über meinen Chef hin. Ich kann euch sagen, diese Frau gehört auf eine Bühne und nicht in diese triste Hütte. Am Schluss hat die ganze Belegschaft vor Lachen gebrüllt. Ich habe eure Großmutter an den Schultern gepackt und geschüttelt: ,Nun ist es genug, Elisabeth', und welch irrwitzige Fügung …«, brüllte Heinz nun in den Raum, »mein Chef stand genau in dem Moment hinter uns!« Maria und Carmelo waren zusammengezuckt und legten ihre Hände ineinander. Giuseppes Miene war unbeweglich. Die anderen am Tisch lachten.

Nun steigerte sich Heinz erst recht in die Geschichte hinein.

»Alle meine Kollegen, mit denen ich seit Jahrzehnten zusammengearbeitet habe, durften live an meiner Demütigung teilhaben. Ich habe mir gewünscht, ich wäre tot!«

Heinz machte eine Pause und nahm einen großen Schluck. Henriette genehmigte sich ein zweites Schnäpschen.

»Eure Oma erinnert sich natürlich an nichts«, erzählte er weiter. »Aber für mich ist es jeden Tag ein Spießrutenlaufen bei der Arbeit. Ich weiß, hinter meinem Rücken lachen alle über mich. Mein Chef hat sich nachsichtig verhalten und mich nie darauf angesprochen. Aber ich fühle mich jedes Mal schlecht, wenn ich ihn sehe.«

Mit einem großen Schluck schloss Heinz seine Berichterstattung. Ullas Schwiegereltern lächelten zaghaft. Elisabeth und Doris kamen wieder ins Zimmer und räumten den Tisch ab. Die Kinder glucksten, sonst redete niemand im Raum. Ulla erhob sich und half, ebenso Maria. Sie begannen, die Teller ineinander zu stapeln und das Besteck einzusammeln.

»Wer möchte jetzt ein Eis?« Mit dieser Frage wandte sich Elisabeth erstmals wieder an ihre Gäste.

Alle Achtung, dachte Ulla. Sie war sich nicht sicher, ob sie die Situation so bravourös gemeistert hätte.

Doris und Ulla kümmerten sich um das benutzte Geschirr, während Elisabeth Eis in kleine Schälchen gab und verteilte. Die Kinder nahmen das Eis johlend und sich gegenseitig schubsend entgegen. Heinz sah dem Gedränge selig lächelnd zu, ohne einzugreifen. Rüdiger deutete grinsend auf Heinz, dessen Haare inzwischen wirr nach oben standen. Die Kinder machten Witze. Die Erwachsenen stimmten in das Gelächter ein. Heinz, der nicht ahnte, dass er der Anlass für diese Heiterkeit war, lachte mit.

Als das Eis vertilgt war, verschwanden die Kinder im Wohnzimmer, aus dem kurz darauf ohrenbetäubende Musik erklang.

»Um Gottes willen, es ist Weihnachten, wenn wir schon Musik hören müssen, können wir dann nicht etwas Weihnachtliches hören?« Henriette zitterte vor Empörung.

»Moment Henriettchen«, schaltete sich Heinz ein, »mir gefällt, was die Kinder hören.« Heinz hatte natürlich schon längst erkannt, dass die Kids seine Rock-'n'-Roll-CD spielten. Das riss nun auch ihn mit. Er legte den Arm um seine Schwiegermutter, die ihn irritiert ansah und ein Stück von ihm abrückte.

»Mir aber nicht. Solche Musik können sie doch das ganze Jahr überhören.« Henriette gab so leicht nicht auf.

»Ende der Diskussion, liebe Schwiegermama, die Kinder haben heute das Kommando!« Damit erhob sich Heinz. Im nächsten Moment hörten sie, wie die Tür zum Wohnzimmer aufgemacht wurde und Heinz sich unter die grölende Menge mischte. Seine Enkel kreischten vor Vergnügen. Doris und Ulla entdeckten Heinz singend und tanzend inmitten der Kinder. Er zuckte rhythmisch und führte seinen berühmten Hüftschwung vor. Während sie das Treiben beobachteten, ging Maria an ihnen vorbei. Sie war auf dem Weg zum Badezimmer. Maria verlangsamte ihren Schritt und sah Heinz tanzen. Der bewegte sich inzwischen auf einem Bein hüpfend vorwärts, das zweite schlenkerte er übermütig in Hüfthöhe. Diese Position hinderte ihn nicht daran, nebenher aus einer Bierflasche zu trinken.

Marias Lächeln bekam etwas Angestrengtes. Sie nahm endgültig Kurs auf das Badezimmer. Doris stieß Ulla in die Seite.

»Erst die Geschichte mit Elisabeth und jetzt sieht sie auch noch deinen Vater in Aktion.«

Der Rhythmus der Musik wurde schneller und Heinz versuchte, angefeuert von seinen Enkeln, im Takt zu bleiben, dazu sang er lauthals mit.

Als das Lied zu Ende war, forderten die Kinder: »Zugabe, Opa, noch mal!«

Heinz ließ sich bitten. Fabio klammerte sich flehend an ihn.

»Überredet, aber dann ist es genug, sonst bekomme ich Ärger.«

Heinz hatte inzwischen deutliche Sprachschwierigkeiten. Als das nächste Lied angespielt wurde, war er nicht mehr zu halten. Er leerte mit zwei Riesenschlucken die hinderliche Bierflasche und stellte sie auf dem Fernseher ab.

»One, two, one, two, three, four …!«, er rockte zur Mitte des Raumes und tanzte dort wie ein Derwisch, dabei konnte er sich kaum noch auf den Beinen halten. Ulla und Doris lachten Tränen. Leonardo schaute ungläubig auf das Schauspiel. Maria, die inzwischen wieder den Gang zurückschlurfte, blieb bei ihrem Sohn stehen. Leonardo zuckte die Achseln. Maria betrachtete mit unbewegter Miene das Schauspiel. Ulla war überzeugt, wären die Kinder die Urheber des Lärms gewesen, Maria hätte ein paar kurze Befehle gebellt und Leonardo hätte die Missstände beseitigen müssen.

Nun entdeckte Heinz Maria.

»Maria, ballare, andiamo, grande festa!«, rief er ekstatisch.

Maria schüttelte den Kopf, hob abwehrend beide Hände. Aber sie hatte Heinz unterschätzt. Er schoss hinaus in den Flur und zog die widerstrebende Frau an beiden Händen ins Wohnzimmer. Ulla und Doris hielten Leonardo zurück, der seiner Mutter zu Hilfe eilen wollte.

»Das ist doch nur Spaß, Leo!«

»Siehst du nicht, dass Mama nicht will?«

Leo war verzweifelt. Das hier konnte er niemals geradebiegen. Überhaupt, wenn er daran dachte, was innerhalb der letzten 48 Stunden alles geschehen war, wurde ihm schlecht. Sein Ruf war zerstört. Egal was geschehen war, als Oberhaupt seiner Familie trug er die Verantwortung für die Vorkommnisse.

Die immer lauter werdenden Hilferufe seiner Mutter rissen Leonardo aus seinen Gedanken. Eben kamen Giuseppe, Rüdiger, Elisabeth und Carmelo herbeigeeilt, alarmiert von den gequälten Schreien Marias. Ulla beobachtete, wie sich Henriette mit stoischer Ruhe erhob, ihre Blicke prüfend im Zimmer umherschweifen ließ, ein verwaistes, halbvolles Gläschen Schnaps hinunterkippte und sich dann auf den Weg ins Wohnzimmer machte. Einige Gäste standen nun mit offenem Mund unter dem Türrahmen oder im Raum und betrachteten das Geschehen. Henriette kam gerade noch rechtzeitig, um mitzuerleben, wie Heinz Maria im Kreis herumwirbelte. Marias Gesicht war angstverzerrt und sie übertönte inzwischen den guten Bill Haley. Heinz sang grölend mit. Doris, Ulla und die Kinder weideten sich an dem Schauspiel, bebend vor Lachen. Carmelo, Giuseppe, Leonardo und Rüdiger sah man den Wunsch an, diesem Schauspiel ein Ende zu bereiten.

»Heinz, hör sofort auf damit!«, brüllte Elisabeth. Dann beugte sie sich zu Doris und Ulla: »Was denken nur die Nachbarn? Den Lärm hört man noch durch die geschlossenen Fenster.«

Inzwischen erreichten Marias Schreie eine Frequenz, die nicht mehr zumutbar war. Die Kinder hielten sich die Ohren zu und die Männer stürmten vereint vorwärts, um Leonardos Mutter zu befreien. Aber Maria wäre nicht die Clanchefin, wenn sie ihr Schicksal zuletzt nicht doch selbst in die Hand genommen hätte. Energisch riss sie sich mit einem Ruck von Heinz los, rief laut vernehmlich: »Basta!«, strich ihren Rock glatt und bahnte sich erhitzt einen Weg durch die staunende Verwandtschaft.

Heinz drehte sich noch ein paar Mal um die eigene Achse und bemerkte erst jetzt, dass er ohne Partnerin war. Er bremste abrupt, stand einen Moment lang gefährlich schwankend da und verlor dann das Gleichgewicht. Er ruderte hilflos mit beiden Armen in der Luft, stolperte ein paar Schritte nach hinten und stieß gegen den Tisch, auf dem das Fernsehgerät stand. Der Tisch wackelte. Heinz griff geistesgegenwärtig nach dem Fernseher, hob ihn hoch, schwankte und schlug schließlich mit einem grässlichen Geräusch der Länge nach hin. Endlich verstummte auch Bill Haley. Elisabeth stand mit wütendem Blick neben der Stereoanlage. Für einen Moment herrschte atemlose Stille im Raum. Dann brach das Chaos los. Rüdiger und Leonardo rannten zu Heinz. Carmelo, Giuseppe und Maria schlugen die Hände über dem Kopf zusammen, die Kinder johlten.

Heinz schrie laut auf, als die Männer ihm auf die Beine halfen. Er zuckte bei jeder Bewegung vor Schmerzen zusammen. Das hinderte ihn jedoch nicht daran, sich über die Trümmer seines Fernsehgerätes zu beugen. Wieder schrie er vor Schmerzen auf. Leonardo und Rüdiger geleiteten ihn zur Couch. Elisabeth kniete vor ihrem Mann und knöpfte sein Hemd auf. Alle stöhnten erschrocken auf, als sie den riesigen Bluterguss auf seinem Brustkorb sahen.

»Du hast dir bestimmt eine Rippe gebrochen.« Rüdiger tastete seinen Vater fachmännisch ab. Heinz zuckte unter der Berührung zusammen.

»Wenn eine mal reicht«, meinte Elisabeth.

»Du musst sofort zum Arzt!«, schaltete sich Doris ein. Ihr und Ulla war das Lachen vergangen.

»Ach was, morgen ist es bestimmt besser.« Heinz richtete sich auf, stöhnte aber und biss sich auf die Lippen.

»Soll ich dir ein Schnäpschen gegen die Schmerzen bringen?«
Keine Frage, Henriette wusste, was man in Krisenzeiten benötigte.

»Ja, Mutter, das ist eine gute Idee. Und träufele doch bitte noch
ein wenig auf ein Tuch, damit wir Heinz einen Umschlag machen
können«, antwortete Elisabeth.

Carmelo, Maria und Giuseppe standen wie versteinert um
Heinz herum und verstanden gar nichts mehr. Sie tuschelten untereinander und wandten sich dann an Leonardo. Er zuckte mit
den Schultern und machte eine hilflose Geste. Dann wandte er
sich an Ulla:

»Wie soll ich meinen Eltern nur erklären, dass hier niemand
einen Arzt holt? Heinz hat sich doch ganz offensichtlich schwer
verletzt.«

Wie zur Bestätigung schrie Heinz auf, als er von Elisabeth und
Ulla in eine bequemere Position gezerrt wurde. Francesca, Cristina und Sven kicherten verhalten. Fabio verfolgte das Ganze mit
äußerster Konzentration.

Ulla schaute zuerst ihre Schwiegereltern und dann ihren Mann an.

»Du kennst doch meinen Vater. Wenn er keinen Arzt will, will
er keinen.«

Leo schob Ulla unwirsch zur Seite und beugte sich zu seinem
Schwiegervater hinunter.

»Heinz, das ist Wahnsinn, lass mich dich ins Krankenhaus bringen.«

Heinz bäumte sich mit einem lauten Keuchen auf und fuhr
Leo an:

»Ich habe gesagt, ich brauche keinen Arzt! Mir fehlt nichts.«
Mit lautem Aufschrei sank er wieder zurück.

Rüdiger, Giuseppe und Leonardo machten sich daran zu beseitigen, was von dem Fernsehapparat noch übrig war. Heinz stöhnte erneut auf.

Maria bombardierte ihren Sohn mit einer Wortflut, die von einem erregten Fuchteln ihrer Hände unterstrichen wurde.

»Meine Mutter möchte wissen, was jetzt mit Heinz passiert.
Man kann ihn doch nicht einfach so liegenlassen«, dolmetschte
Leonardo.

»Wenn er so dickköpfig ist, kann es ihm nicht so schlecht gehen«, antwortete Elisabeth und marschierte aus dem Raum.

Doris folgte ihr. Ulla rief nach den Kindern. Cristina und
Francesca gehorchten widerstrebend. Sven gesellte sich ebenfalls
dazu. Fabio fehlte. Ulla ging zurück ins Wohnzimmer, um nach
ihm zu sehen. Er stand zwei Meter von seinem Großvater entfernt und beobachtete ihn schweigend. Heinz begegnete Fabios
Blick heldenhaft und stöhnte nur gedämpft. Als Fabio seine Mutter sah, fragte er: »Was ist mit Opa los? Muss er nicht ins Krankenhaus?«

»Normalerweise schon«, antwortete Ulla, »aber Opa sagt, es
geht ihm besser, wenn er sich hier ein wenig ausruhen kann. Also
gehen wir jetzt alle ins andere Zimmer, okay?« Doch damit waren
für Fabio längst nicht alle Fragen geklärt.

»Ist der Fernseher jetzt kaputt?«

»Ja, Fabio.« Ulla packte ihn bei den Schultern und schob ihn
aus dem Zimmer.

Im Wohnzimmer wurde gerade der Unfallhergang nochmals
durchgesprochen. Bei der Frage, ob man einfach einen Arzt alarmieren sollte, schieden sich die Geister. Es würde nur eine Tortur
für den diensthabenden Arzt und die Verwandten werden. Heinz
würde sich sowieso nicht untersuchen lassen. Wahrscheinlich war
es auch nichts Schlimmes. Ein durchdringender Schrei aus dem
Wohnzimmer ließ die Gästeschar zusammenzucken. Elisabeth erhob sich resolut.

»Jetzt gebe ich ihm zwei Schmerztabletten und dann schläft er
durch.«

Sie holte die Tabletten, die der Arzt ihr vor einiger Zeit wegen
ihrer Rheumabeschwerden verschrieben hatte, und zwang Heinz
sie einzunehmen.

»Entweder du nimmst sofort diese Tabletten oder ich lasse
dich von einem Notarztwagen abholen!« Nach einer halben Minute hörte man Elisabeths zufriedenes »Na also, es geht doch.«

Henriette stand auf.

»Elisabeth, sei mir nicht böse, aber die ganze Aufregung war
doch zu viel für mich. Fährst du mich heim?«

Leonardo erhob sich eilig.

»Wir wollten sowieso jetzt auch gehen, es war ein anstrengender Tag für uns alle.«

»Aber nein«, wehrte Elisabeth ab, »bleibt doch noch ein Weilchen.«

Rüdiger, Doris und Sven standen nun ebenfalls.

»Für heute reicht es, vielen Dank.«

Doris küsste ihre Schwiegermutter, verabschiedete sich von allen anderen, rief Heinz noch einen kurzen Gruß zu und ging nach oben. Anna hatte sich den ganzen Abend nicht mehr blicken lassen.

Auf dem Nachhauseweg unterhielt sich Leonardo angeregt mit seinen Eltern, während Ulla und die Kinder an Giuseppe ihr spärliches Italienisch ausprobierten. Endlich zu Hause, atmete Ulla auf. Die Familientreffen verliefen nie ganz glatt, aber der heutige Tag schlug alles bisher Dagewesene. Leonardo hatte mit ihr bis jetzt kein Wort mehr gewechselt. Was hatte er erwartet? Nur, weil seine Familie da war, sollte alles plötzlich ohne Zwischenfälle abgehen? Wenn Ulla Giuseppes Äußerungen richtig interpretierte, hatte er den Abend durchaus genossen. Warum auch nicht? Die Familientragödie war immerhin unterhaltsam. Morgen früh würde sie als Erstes ihre Mutter anrufen und sich nach ihrem Vater erkundigen. Sicher war, dieses Familientreffen würde noch Jahre im Gedächtnis aller bleiben. Ulla lächelte.

Leonardo war irritiert.

»Hast du einen Grund zu lächeln, Ulla? Wenn ja, dann verrate ihn uns doch bitte, damit wir daran teilhaben können.«

Ulla beschloss, sich nicht auf eine Diskussion mit ihrem offensichtlich verärgerten Gatten einzulassen.

Als Ulla am nächsten Morgen aufwachte, fiel ihr sofort ihr Vater ein. So leise wie möglich ging sie hinunter, um ihre Mutter anzurufen. Gerade als sie die Hand nach dem Hörer ausstreckte, klingelte das Telefon.

»Ja, Rocco, hier?«

»Gott sei Dank, Kind, ich hatte schon Bedenken, ob ich anrufen kann, es ist ja noch so früh.« Elisabeth konnte nur mühsam die Tränen zurückhalten.

»Wieso, was ist denn passiert?«

Elisabeth berichtete Ulla von einer schlaflosen Nacht. Heinz hatte große Schmerzen, die auch durch die Einnahme von Tabletten nicht besser wurden. Zum Schluss hätte sie den Notarzt angerufen. Im Krankenhaus hatte man dann zwei gebrochene Rippen sowie mehrere Blutergüsse diagnostiziert. Heinz musste die nächsten Tage noch in der Klinik bleiben.

Gerade als Ulla aufgelegt hatte, erschienen Leonardo und ihre Schwiegereltern. Ulla berichtete von der neuesten Entwicklung.

Nach dem Frühstück beschloss Ulla, ihren Vater im Krankenhaus zu besuchen.

»Wer kommt mit?«

Fabio und Cristina erhoben sich sofort, während Francesca sich die Kopfhörer in die Ohren stöpselte. Leonardo entschuldigte sich und deutete auf seine Gäste.

»Ich helfe Mama beim Kochen.«

»Wieso, was kocht Mama denn?«, zischte Ulla. »Wir können doch noch die Reste von Heiligabend verwerten.«

»Mama möchte ›Pasta Fresca‹ machen«, antwortete Leonardo.

Mama Maria strahlte über das ganze Gesicht, als sie ihr Gericht aus dem deutschen Kauderwelsch heraushörte.

»Aber sonst ist noch alles in Ordnung? Deine Mutter stellt sich also in meine Küche und kocht. Ich kann mich noch genau an die selbst gemachte frische Pasta in Italien erinnern. Das dauert eine Ewigkeit und hinterher putzt man die ganze Küche.«

»Mein Gott Ulla, sie möchte uns eben eine Freude machen und sie weiß ja, dass du so etwas nie kochst. Schau, wenn du aus dem Krankenhaus zurückkommst, steht das Essen auf dem Tisch.«

Aber Ulla war nicht zu besänftigen.

»Wenn ich zurückkomme und hier sieht es aus wie damals in der Küche deiner Mutter, dann ist die Hölle los!«

Damit ging Ulla nach oben. Fabio und Cristina folgten ihr. Fabio fragte: »Mama, macht Nonna auch eine rote Soße zu den Pasta?«

Cristina fuhr dazwischen:

»Ich würde mal mit allem rechnen.«

Ulla war viel zu genervt, um Cristina zu rügen. Als Ulla und die Kinder das Haus verließen, hing Mama Maria schon bis zu den Ellenbogen in einer Rührschüssel und knetete Teig. Francesca trug immer noch ihre Kopfhörer. Giuseppe, Carmelo und Leonardo standen wie Untertanen hinter ihrer Königin und beobachteten den Knetvorgang. In Ulla brodelte es.

»Leonardo, gib doch bitte deiner Mutter unsere Rührmaschine, dann muss sie sich nicht so abrackern.«

Leonardo schaute seine Frau an, als ob sie verlangt hätte, Mama Maria einen Dolch in den Rücken zu stoßen.

»Scusa Ulla, Mama macht alles von Hand. Wenn man den Teig von Hand knetet, schmeckt die Pasta besser.«

Francesca sah demonstrativ auf ihre Armbanduhr.

»Ihr braucht also vor heute Abend gar nicht mit irgendetwas Essbarem zu rechnen, wenn hier alles manuell erledigt wird. Deshalb haben wir in Italien auch immer erst um Mitternacht gegessen, comprende?«

Damit wandte sie sich mit flatternden Wimpern zu ihrem Vater um. Leonardo deutete wutverzerrt auf die Küchentür.

Als Ulla, Cristina und Fabio das Krankenhauszimmer betraten, eilte ihnen Elisabeth entgegen.

»Schön, dass ihr gekommen seid. Rüdiger kommt später auch noch.« Heinz lag schlafend im Bett. Er wachte auch nicht auf, als Fabio an seinem Krankenhaushemd zog um den Oberkörper genauer betrachten zu können.

»Das sind die starken Schmerzmittel«, erklärte Elisabeth schluchzend.

»Ich glaube eher, der schläft seinen Rausch aus«, sagte Cristina.

»Also weißt du …!« Elisabeth war empört.

Die Tür ging auf und eine Krankenschwester betrat das Zimmer. Sie trat neben Fabio ans Bett.

»Das ist ja schön, dass du deinen Großvater besuchst, der freut sich bestimmt.« Fabio ignorierte die Frau.

»Oma, stirbt Opa jetzt?«

Die Krankenschwester begann mit unbewegter Miene dem immer noch schlafenden Heinz den Blutdruck zu messen.

»Nein, Fabio, an so etwas stirbt man doch nicht.« Ulla lächelte die Krankenschwester entschuldigend an und tätschelte Elisabeth den Rücken.

»Kaufst du dir einen neuen Fernseher, Oma?«

Elisabeth hörte zu schluchzen auf und putzte sich geräuschvoll die Nase.

»Das weiß ich nicht. Ich muss erst warten, bis Opa aus dem Krankenhaus nach Hause kommt.«

»Das kannst du doch der Versicherung melden, Mama.«

»Ob die das anerkennen?«

Am gestrafften Rücken der Krankenschwester konnte Ulla erkennen, dass sie dem Gespräch aufmerksam zuhörte.

»Schreib doch einfach, Opa war beschwipst und ist auf den Fernseher draufgefallen«, sagte Fabio.

Die Krankenschwester hielt in ihrer Bewegung inne.

»Das geht nicht, Fabio, dann muss Opa alles selbst bezahlen«, erklärte Cristina.

»Warum denn? Opa kann doch nichts dafür, wenn er beim Tanzen ausrutscht.« Betretene Stille. Die Krankenschwester trug eine nichtssagende Miene und strich die Bettdecke glatt.

»Du brauchst ja nicht zu verraten, dass Nonna vor ihm weggelaufen und er deshalb hingefallen ist.«

Nun hätte man eine Stecknadel auf den Boden fallen hören.

Ulla strich ihrem Jüngsten mechanisch über die Haare.

»Ja Fabio, so klappt das bestimmt.«

Die Krankenschwester wurde wieder geschäftig und richtete sich an Elisabeth.

»Alles Wichtige hat der Arzt ja bereits heute Morgen mit Ihnen besprochen.« Mit einem Lächeln verabschiedete sie sich.

Elisabeth seufzte: »Ich gehe jetzt auch. Bei mir zu Hause sieht es noch furchtbar aus.«

Ulla nickte: »Bei uns daheim sieht es bestimmt nicht viel besser aus. Meine Schwiegermutter hat beschlossen, heute frische Nudeln zu machen.«

»Aber das ist doch lieb von ihr. Du machst das ja nie.«

»Bitte Mama, verteidigst du jetzt auch noch die Hektik, die sie an einem solchen Tag erzeugt?«

»Ulla, für Maria ist das keine Hektik, sie macht das gerne, das weißt du doch. Nimm es einfach an und lass dich bedienen.«

Auf dem Nachhauseweg suchte Cristina noch ihren Lieblingssender im Radio.

»Das ist der absolut geilste Sender«, schrie Cristina ihrer Mutter zu. Als Ulla das Radio ausmachen wollte, sah sie im Rückspiegel, dass Fabio Luftgitarre spielte. Cristina sang laut mit. Ulla lachte und drehte das Radio noch lauter.

»Du bist die Allercoolste!« Cristina küsste Ulla auf die Wange. Fabio kreischte vor Vergnügen. Schwungvoll fuhr Ulla nach Hause.

An den Geräuschen, die aus der Küche drangen, erkannte Ulla, dass die Operation »Pasta Fresca« noch in vollem Gange war.

Cristina sah ihre Mutter vielsagend an.

»Ich verdrücke mich in mein Zimmer.«

Fabio stürmte in Francescas Zimmer, um ihr von Opa Heinz zu berichten.

In der Küche musste sich Ulla für einen Moment am Türrahmen festhalten. Der Anblick übertraf ihre schlimmsten Erwartungen. Überall standen Küchenutensilien, der Esstisch war ausgezogen und mit Mehl bestäubt. Leonardo schnitt von einem großen Stück Teig einen Klumpen ab und gab ihn seiner Mutter. Maria walzte den Klumpen mit dem Teigroller zu dünnen Fladen. Diese reichte sie an Giuseppe weiter. Der ließ die Fladen in die Nudelmaschine gleiten. Die geschnittenen Nudeln wurden an Carmelo weitergereicht. Carmelo hängte sie vorsichtig über den Wäscheständer, der eigens zu diesem Zweck aus dem Keller geholt worden war. Stolz schauten die Köche Ulla an.

»Cara, wie geht es deinem Vater?«, fragte Leonardo.

»Gut, aber ist eine andere Frage gestattet? Wie lange braucht ihr eigentlich noch?«

»Tja, Mama hat eine halbe Stunde gebraucht, um den Wäscheständer zu putzen, sonst wären wir schon viel weiter.« Leonardo übersetzte den Anwesenden die Konversation.

Maria schaute zuerst Ulla, danach den Wäscheständer, danach wieder Ulla an. Dabei lächelte sie nachsichtig.

Natürlich war Ulla klar, dass der Wäscheständer erst gesäubert werden musste. Doch durch die genaue Benennung des Zeitraumes, den dieser Reinigungsvorgang in Anspruch genommen hatte, fühlte sie sich in ihrer Ehre gekränkt.

»Hätte ich geahnt, dass über den Wäscheständer Lebensmittel gehängt werden, dann hätte ich ihn mit dem Dampfstrahler gereinigt.«

»Spotte ruhig«, antwortete Leonardo, »zumindest beim Thema Sauberkeit macht meiner Mutter niemand etwas vor.«

Ulla drehte sich um und warf krachend die Tür ins Schloss.

Die Kinder standen wie versteinert auf der Treppe.

»Wo gehst du hin, Mama?«, wollte Fabio wissen.

»Zu Oma Henriette.«

Damit verließ sie das Haus.

Henriette sah sofort Ullas wütenden Gesichtsausdruck und nötigte sie, sich hinzusetzen. Dann ging sie in die Küche und kam kurz danach mit zwei Tassen Tee zurück. Aus der Vitrine holte sie noch eine Schale mit Keksen.

»Nun trink erst einmal ein Schlückchen und dann erzähl, was los ist.«

Ulla stöhnte. Plötzlich brach alles, was in den letzten Tagen passiert war, aus ihr heraus. Alles, was sie in sich hineingefressen hatte, kam hoch. Dass die Schwiegermutter, wie in Italien, nun auch hier das Regiment übernahm. Leonardos Veränderung, seit seine Familie hier war. Zum Schluss weinte Ulla erschöpft.

Henriette nahm Ulla bestürzt in die Arme.

»Ach Mädchen, das ist doch alles halb so schlimm. Es war nur etwas viel, aber es ist noch lange kein Grund zum Weinen.«

Während Henriette auf sie einredete, nahm Ulla einige Kekse und bald ging es ihr besser. Schon als kleines Mädchen war sie gerne bei ihrer Großmutter gewesen, bei der sie sich so geborgen fühlte. Jahrelang hatte Henriette die ganze Familie mit Selbstgebackenem beschenkt. Seit ein paar Jahren backte Henriette nicht mehr. Ihre Hände zitterten nun doch zu sehr. Aber Ulla würde sich, solange sie lebte, an Henriettes Plätzchen erinnern.

»Ach Oma, selbst jetzt, da ich eine eigene Familie habe, bist du immer noch diejenige, die mich am besten trösten kann.«

Henriette wurde verlegen. Wie immer, wenn sie Angst hatte, die Beherrschung zu verlieren, wurde sie raubeinig.

»Ulla, jetzt stell dich nicht so an. Durchhänger haben wir alle einmal. Aufstehen muss man, immer wieder aufstehen. Das ist das Allerwichtigste. Nicht liegen bleiben. Aufstehen und kämpfen.«

Henriette stand auf, stellte das benutzte Geschirr in die Küche und trat entschlossen vor Ulla hin.

»Ulla, du hast einen Mann, du hast Kinder und du hast Gäste. Du bist kein kleines Kind mehr, sondern eine erwachsene Frau. Ich habe mich über deinen Besuch gefreut, aber jetzt gehst du nach Hause.«

Ulla straffte den Rücken.

»Du hast Recht. Ich habe mich vermutlich tatsächlich kindisch benommen. Wie soll ich jetzt nur allen ins Gesicht sehen?«

»Kopf hoch und durch. Geh und bring das alles in Ordnung.«

Henriettes Wangen schimmerten rosig und bildeten einen reizenden Kontrast zu ihren silberblonden Löckchen. Der rosafarbene Lippenstift tat noch ein Übriges, um sie wunderschön und frisch aussehen zu lassen.

Wie alt muss man werden, um endlich erwachsen zu sein, dachte Ulla.

»Ich hoffe, ich sehe mal aus wie du, wenn ich in deinem Alter bin«, brachte Ulla noch heraus. Dann drehte sie sich um und ging.

Zu Hause angekommen, betete sie, dass sie unbemerkt ins

Haus schlüpfen und sich noch ein wenig frisch machen konnte, bevor sie ihrer Familie gegenübertrat. Doch schon kam ihr Fabio entgegen.

»Was ist denn mit Mama los?«, kreischte er durchs Haus.

Leonardo kam aus der Küche. Seine Eltern und der Bruder folgten ihm. Ernst musterten sie Ulla. Maria rümpfte die Nase und schaute Ulla vorwurfsvoll an. Dann schimpfte sie mit ihrem Sohn. Er hatte als Mann und Sohn versagt. Wenn die Ereignisse sich dermaßen überschlugen, wie in den letzten Tagen, und dann zum guten Schluss noch die Ehefrau weglief, konnte das nur bedeuten, dass er in seinem Hause nicht respektiert wurde. Leonardo hatte in dieser Minute sein Ansehen endgültig eingebüßt. Ullas Herz zog sich vor Mitleid für ihn zusammen. Das hatte sie nicht gewollt. Sie flüchtete ins Bad.

In der Küche schlug Maria auf den Tisch und verkündete, es sei Zeit, nach Hause zu gehen. Leonardo flehte seine Mutter an, es sich doch noch einmal zu überlegen, aber wenn Maria einmal etwas beschlossen hatte, war daran nichts mehr zu rütteln. Carmelo fügte sich widerstandslos und Giuseppe hatte nichts zu sagen.

Leonardo verlegte sich aufs Bitten, aber Maria nötigte ihren Sohn, sich bei der Bahn um Platzreservierungen zu kümmern. Leonardo, dessen Blutdruck inzwischen sicher gewaltig in die Höhe geschossen war, ging zähneknirschend ans Telefon. Maria lächelte zufrieden und begann, den Tisch zu decken. Essen musste man schließlich immer!

Während Leonardo noch in der Warteschleife festgehalten wurde, hatte er plötzlich eine Idee. Er legte auf, sagte zu seiner Mutter, er müsse sich später nochmals melden und machte sich auf den Weg zu Ulla. Er trommelte gegen die Badezimmertür. Die Tür wurde ungestüm aufgerissen. Leo sank buchstäblich vor Ulla auf die Knie.

»Amore, ich werde dich nie wieder um irgendetwas bitten, das verspreche ich dir. Aber bitte, bitte bring das mit meiner Mutter in Ordnung und entschuldige dich!«

»Entschuldigen? Wieso denn?« Ulla verdrehte die Augen.

Leo schnappte nach Luft.

»Das fragst du noch? Mama weiß ganz genau, dass du wegen dem blöden Wäscheständer weggelaufen bist. Wie ein Kind hast du dich benommen. Mama ist überzeugt, dass du sie hasst. Du musst dich bei ihr entschuldigen. Wenn du auch nie wieder etwas für mich machst, aber bitte tu mir diesen Gefallen, ich flehe dich an!«

Leonardo schluchzte beinahe. Das ließ Ulla weich werden. Sie zog ihn an den Schultern zu sich hoch und schmiegte sich an ihn.

»Leo, es tut mir leid. Ich wollte mich bei meiner Großmutter nur ein wenig aussprechen, sonst nichts.«

Leonardo strich Ulla über das Haar. Sie lächelte reumütig. Da schlang Leo seine Arme um sie. Ulla schloss für einen Moment die Augen. Dann löste sie sich von Leo und ging in die Küche. Dort stellte sie sich vor ihre Schwiegermutter hin.

»Maria, scusami!« Dann nahm sie Maria fest in die Arme.

Maria strich Ulla über die Wange, murmelte etwas Beruhigendes und löste sich aus der Umarmung. Ihre Augen waren ein wenig feucht geworden. Resolut wandte sie sich wieder dem Herd zu und begann, heftig zu werkeln. So oder so, Maria übernahm immer das Regiment. Und manchmal war Ulla ihr sogar dankbar dafür.

Wenig später saß die Familie um den Küchentisch und strahlte Ulla an. Leonardo stand auf, nahm ihre Hände.

»Ich danke dir, Ulla. Mama hat eben verkündet, dass nichts aus der vorzeitigen Abreise wird. Du brauchst sie jetzt dringend und sie kann dich nicht alleine lassen. Und außerdem käme dann endlich einmal anständiges Essen auf den Tisch.«

Gerade, als Ulla aufbrausen wollte, feixte Leo:

»Das mit dem Essen war nur Spaß, keine Sorge.«

Er übersetzte für den Rest des Clans und Ulla stimmte in das Lachen ein. Egal, was für Unstimmigkeiten und Missverständnisse es auch in dieser Familie gab, am Ende waren sie doch immer füreinander da. Das war es, was Familie ausmachte. Und diese verrückte, einmalige Familie war die einzige, die sie haben wollte. Ulla stieß die Gabel in die Nudeln und begann, sich auf September zu freuen.

Die Autorin

Ulla Parrinello, Jahrgang 1962, lebt mit ihrer Familie in einer schwäbischen Kleinstadt. Sie ist mit einem Italiener verheiratet. „Die Roccos – Verwandte und andere Katastrophen" ist ihr erster Roman.